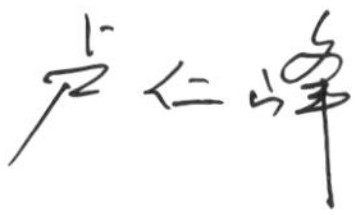

于困境中寻找希望，

办法总比困难多。

“大国工匠人物传”丛书

卢仁峰

为国铸「剑」的独手焊工

杨辉素◎著

中国工人出版社

图书在版编目（CIP）数据

卢仁峰：为国铸“剑”的独手焊工 / 杨辉素著.
北京：中国工人出版社，2025. 4. -- ISBN 978-7-5008-8590-0

Ⅰ. I25

中国国家版本馆CIP数据核字第2025Y2B892号

卢仁峰：为国铸“剑”的独手焊工

出 版 人	董　宽
责任编辑	葛忠雨
责任校对	张　彦
责任印制	黄　丽
出版发行	中国工人出版社
地　　址	北京市东城区鼓楼外大街45号　邮编：100120
网　　址	http://www.wp-china.com
电　　话	（010）62005043（总编室） （010）62005039（印制管理中心） （010）62379038（社科文艺分社）
发行热线	（010）82029051　62383056
经　　销	各地书店
印　　刷	三河市万龙印装有限公司
开　　本	880毫米×1230毫米　1/32
印　　张	6.5
字　　数	109千字
版　　次	2025年6月第1版　2025年6月第1次印刷
定　　价	49.00元

国之大者，工匠先行

——“大国工匠人物传”丛书总序

在中华全国总工会成立100周年之际，全国总工会宣传教育部、中国报告文学学会、中国工人出版社联合开展了“文艺工作者走基层”活动，推出“大国工匠人物传”丛书，向全国总工会献礼，向广大劳动者致敬！

“知者创物，巧者述之守之，世谓之工。百工之事，皆圣人之作也。”这是中国所见年代最早的关于手工业技术文献《考工记》中对工匠的记载。“工”之责在于造物，“匠”者为能工鼎识者也。

幼时，老家云南昆明大板桥的老街上，从南头到北头，都是大大小小的手艺人，木匠、石匠、焗匠、骟匠、竹篾匠、鞋匠、箍桶匠……空气中飘荡着木匠的刨花香和石匠敲打出来的粉尘，充满着焗匠手中皮带的“吱扭扭”声、骟匠刀下小猪猡的闷哼、箍桶匠皮锤不轻不重的敲击声。老街上的竹篾匠是我的一个表姨夫，他来自四川，有着一手出神入化的编造竹篾手艺。粗壮的毛竹是表姨夫手中的“百万雄兵”，在一把锋利无比的刀的指挥下，被劈成厚薄、粗细不一的篾。表姨夫的本领仅次于撒豆成兵的天神，他能化篾成物，一般家里能见到、用到的器物，他都能用竹篾编出来。母亲曾命我在老街上买一个暖水瓶的内胆，然后去表姨夫的摊位上，坐等他为暖水瓶胆编制一件竹制的外壳。那个暖水瓶至今还在我家老屋的一个角落里。竹篾壳早已被岁月包了浆，虽然久不使用，却依然油润、红亮。这便是我幼时对匠人的记忆。

五千多年的中华历史长河中，涌现出了无数能工巧匠，他们或如明月光照，或如星河璀璨。一代代薪火相传的工匠精神，不仅成就了那些流芳百世的绝世建筑与器物，更是烛照我们通向文明现代化进程的精神之光，是我们文化的自信心、民族的根与魂。

从“嫦娥”探月到“祝融”探火，从“北斗”组网到“蛟龙”深潜，从港珠澳大桥横跨三地到大兴国际机场凤凰腾飞……这些挺起中华民族脊梁的大国重器、世纪工程背后，无不凝聚着万千工匠的心血和汗水，映照着工匠们孜孜以求、拼搏奋进的身影。

本套丛书收录的是全国总工会历年评选出的大国工匠

的人物传记。他们当中有焊接高铁的“工人院士”李万君、打破国外高端设备维修垄断的王树军、让中国锻件立于世界之巅的刘伯鸣、“人刀合一”的顶级钳工李凯军、在高空“穿针引线”的竺士杰、油田里的创新能手刘丽、了不起的“钢铁裁缝”艾爱国、数控机床上的“雕刻师”孟维、让三星堆文物“活”起来的郭汉中……他们有的是传统加工业的锻造者，为了突破技术瓶颈精益求精；有的是新兴制造业的探路者，为了实现精密制造巧思妙想；有的是军工行业的铸剑者，为了打造国之重器默默坚守；有的是民间手工艺的守护者，为了传承非遗文化精雕细琢……他们奋战在国防军工、装备制造、传统工艺等行业的第一线，以久久为功的钻研和创新，造就了一个个传奇。

这些杰出的工匠，尽管行业不同、岗位不一，成长经历各异，但他们都有着爱党爱国、敬业奉献、创新争先的优秀品质。他们耐得住清贫与寂寞，用灵巧的双手和精湛的技艺，数十年如一日地在平凡的岗位上雕琢自己心中的梦想，以实际行动诠释着“执着专注、精益求精、一丝不苟、追求卓越”的工匠精神。“天下大事，必作于细。”工匠精神既是中华民族技艺世代传承的价值理念，又是中国开启新征程，从制造业大国迈向制造业强国的时代需要。

“大国工匠是我们中华民族大厦的基石、栋梁。”2024年3月5日，习近平总书记参加十四届全国人大二次会议江苏代表团审议时强调“树立工匠精神”，指出“没有金刚钻，揽不了瓷器活”，要“把第一线的大国工匠一批一批培养出来”。党的十八大以来，习近平总书记对建设高素质劳动大军高度重视，强调“当代工人不仅要有力量，还要有智慧、有技术，能发明、会创新，以实际行动奏响时代主旋律”，深刻阐述工匠精神“执着专注、精益求精、一丝不苟、追求卓越”的内涵要义，号召全社会弘扬工匠精神，“为全面建设社会主义现代化国家、实现中华民族伟大复兴的中国梦提供有力人才和技能支撑”。

“匠心聚，百业兴。”无论是传统产业，还是新兴产业、未来产业，大国工匠在发展新质生产力的历史进程中不可或缺。随着经济发展方式转型和产业结构升级，中国要实现由制造大国向制造强国的转变，实现由中国制造向中国创造的跨越，离不开广大劳动者的创新和创造，更离不开对工匠精神的继承和发扬，于是呼唤更多大国工匠成为时代强音。

文艺是时代进步的号角，最能代表一个时代的风貌，最能引领一个时代的风气。中国报告文学学会、中国工人出版社联袂推出“大国工匠人物传”丛书，以图书的形式为大国工匠树碑立传，让他们的故事和精神具有更广泛的交流传播价值和长久的史料价值。本套丛书的写作者奔赴大国工匠生活的城市，深入大国工匠工作的厂区、车间、工作室，获取了全面细致的第一手材料，最终将大国工匠的成长、成才故事呈现在读者面前。

“大国工匠人物传”丛书讲述的是个人奋斗史，也描绘出大国工匠的群体形象。可以说，这套丛书是目前国内系统研究众多大国工匠人生轨迹的权威读本，既有对每位大国工匠的整体介绍和事迹梳理，又有具体的事件、案例，全面、生动地展示了大国工匠各个人生时期的工作和生活状态。

新时代是奋斗者的时代，中国式现代化建设新征程这一宏伟事业为广大工匠技能人才成就梦想提供了广阔舞台。每位劳动者都是主角，都可以成为工匠精神的践行者。大国工匠是新时代的最美奋斗者，更是和平年代当之无愧的英雄。

国之大者，工匠先行，向着中华民族伟大复兴的目标砥砺奋进，行稳致远。

是以为序。

目 录

第一章 激动人心的国庆阅兵式

2019年10月1日。

天安门广场。

庆祝中华人民共和国成立70周年大会阅兵式即将启幕。

天空湛蓝高远。北京的上空仿佛被清水洗濯，透明得无一丝云翳，有自由的鸟儿展翅高飞，身姿翩然俊美，清风穿梭，不惹尘埃，自由、安宁、祥和，一切都如祥光瑞照的理想之境。在这美好的情境之中，人们鲜衣彩饰，脸上的笑容与光影结合，质朴、生动，仿佛被一种蜜汁浸染了。

从高空俯瞰，广场被分成一块块“纵横的阡陌”。“阡陌”中是人群方队，一队队都是来自全国各行各业的优秀代表。他们坐在自己的座位上，翘首以待，秩序井然。

这是泱泱的色彩的海洋，衣服的色彩、彩旗飘带的色彩，红的、黄的、白的、蓝的、绿的、紫的……而这其中，最耀眼的当属那一抹中国红，红旗、红飘带、红座椅、红头饰、红服装，甚至每个人的脸颊、额头、脖子、手背、胳膊上都贴着的红色国旗贴纸……红得鲜艳，红得出挑，红得吉祥。一切绚烂的色彩都是为红而来，都是红的底色，映衬得红更加红红火火，映衬得全中国人民的心情更加火热激动。

嘀嗒、嘀嗒……时钟在人心上行走，像风的脚尖点在春天花蕾的尖尖上，期盼着一场骤然的华美盛开；像有力的大手在缓缓举起，即将叩响中国实力的大门，等待那訇然中开的一刻。激动啊！激动使人屏住呼吸，激动使人能听得见胸腔里狂热的心跳。

阅兵式在歌声中拉开帷幕，“今天是你的生日，我的中国……”“今天是你的生日，我的中国……”

童声清唱。两个女童的声音，纯净得不带一丝杂质，宛若天籁，宛若两只雨燕分开又交叠在一起，直冲云霄。歌声穿过广场，飞跃千重关山，飞跃万里海峡，飞跃灵魂的高渺之处，如溪水悦耳潺湲，如轻纱一角飞荡。这歌儿听过多少遍了啊！此时却别有一种动人的力量，如花瓣盛开、湖水微澜、蝴蝶轻扇翅膀，细小、轻微、空灵、美妙，人类的心弦被拨动，情感的波涛洪流随之汹涌而来……

坐在“全国先进模范人物”观礼台上的他，泪水从

1958 年 12 月 25 日，新中国第一辆中国制造的坦克在内蒙古一机厂走下流水线

那双深邃的黑眼睛里夺眶而出。56 岁的人了，他含蓄内敛，成熟沉稳，从不轻易表达感情，而此时，他却再也无法抑制心中那份对祖国的深沉热爱——这是我的祖国，她的 70 岁华诞！中国在峥嵘岁月中昂首阔步，让世界惊叹其“史诗般的进步”。人民生活水平蒸蒸日上，科学技术突飞猛进，大国重器相继问世……这是他骄傲和自豪的泪水啊！他禁不住跟着轻声吟唱：“今天是你的生日，我的中国；今天是你的生日，我的中国……”

今天的他，穿了一件洁白的新衬衣，左胸口上戴着一枚崭新的党徽。为了参加这次活动，他特意把头发整理一番，头发上还打了定型摩丝，一根根梳理整齐，这让他看上去比实际年龄年轻许多。他一米七的身高，不胖不瘦，国字脸，脸上一双眼睛不大，一对黑眼珠总像是在思考问题一般，有着时而迷茫、时而深邃的幽光。

他用右手举着一面小红旗，他的左手呢，静静地放在左边膝盖上。如果细看，会看到他的左手竟然是畸形的，手掌只是一个小拳头，手指是三根小棒棒，软塌塌地垂着。他的左胳膊也比右胳膊细一些，这是肌肉萎缩的缘故。他并不是天生这样，他也曾有一只完整的左手，漂亮、灵活，手指、手掌健全，工作起来和右手一样收放自如。

他是一名工厂的焊工。最初的几年，当他用左手拿着焊帽遮挡住面部，用右手拿着焊枪焊接的时候，那绚烂的焊花光彩耀目，总能使他感受到工作的成就和乐趣。然而有一天，当他在练习焊接的时候，左手被剪板机切断了！失去了左手的他，没有向命运屈服，他用右手单手焊接，在电焊事业中取得了卓越不凡的成就，被人们称为“独手焊侠”。

此时，他感受着这现场激动人心的时刻，也在翘首期盼着让他更加激动的时刻……

他坐的位置是在东观礼台上，身后是华表，前面正对着天安门城楼。他的目光越过排列有序的方队，远处的长安街上，近15000名官兵列队完毕，正等待着接受统帅、接受全国人民、接受全世界人民的检阅！

陆军、海军、空军，从走正步的铿锵堂堂气，到战车开动寒光闪耀凛凛威，将有32个装备方阵如钢铁洪流般驶过，这是中华人民共和国武装力量改革重塑后的一次整体亮相！

当主持人广播道：“第一个出场的陆上作战模块……”他的目光霎时火热如炬而又温润如瓷了。他引颈观望着从远方驶来的 22 辆 99A 坦克方队，那钢铁巨人以一种凛然不可侵犯之气，呈箭形布阵，坚如磐石，携万钧雷霆，势不可当地稳步而来。

啊！99A 坦克，雄壮、威武！让他倍感亲切和熟悉的坦克！因为在过去的许多年里，是他，带领着他的团队，攻克一道道技术难关，将一块块特种钢板焊接起来，为它穿上坚不可摧的外衣，打造了它，生产了它，让它横空出世！他熟悉它身上的每一道焊缝，熟悉它身上的每一颗螺丝和每一个零件，它身上的每一寸地方，都浇筑着他的心血和汗水。他残疾的左手，也曾借助一些特制的卡具，来完成它的“工装”。他与它们，是同志，是战友，是伙伴，密不可分，犹如人与车从刚开始就紧密地“焊接”在一起！

99A 坦克，这个陆战之王，是中国在陆军装备领域的最新成就。它可以在极其复杂的地形和气候条件下作战，火力强大；它拥有最先进的信息化系统、防护系统和优异的机动性，是中国陆军的新锐利器，领先于国际水平；是我国国防实力和国际地位的有力体现！

泪水模糊了他的眼睛。往昔岁月如电影般在他脑海里一幕幕闪过……

1959 年 10 月 1 日的大阅兵，32 辆崭新的中国 59 式中型坦克隆隆驶过天安门广场

23岁那年，在这人生的大好年华里，他失去了左手，但他靠着顽强的毅力和勤学苦练的精神，练就单手焊功，不断攻克技术难关，成了全厂焊接技术的领军人。从民品焊接到军品焊接，他身上的担子越来越重，开始负责轮式坦克上驾驶舱和炮塔的焊接工作，这是坦克最关键也是最复杂的部分。无论多难，他焊出的产品一次性百分百合格，所有焊工都以他为榜样！

厂里把更重的担子压给他，让他参与研制99A主战坦克装甲车辆。它使用的是高强度、高硬度的特种钢材，碳含量达到1.1%—1.2%，这个指标完全超出了焊接中可焊性的数值，在焊接界是禁区，被业界认为基本没有可焊性。一辆坦克的车体由数百块装甲钢板焊接而成，焊缝达800多条。当坦克被穿甲弹击中时，每平方厘米承受的压力会达几十吨，甚至数百吨。如果焊接不牢，这些焊缝就将成为最先被撕裂的开口。他的焊接水平直接决定了坦克能否出厂。

中国人的伟大之处，就是在不可能中创造出可能。一次次实验，他失败了再来，从焊接参数、气体配比、焊接绘制、焊接方法，不断地变化，每个数据要试验成千上万次，包括气体的配置——有时加点氩气，有时加点氧气，有时加点氢气……他犹如闯入禁区的孤勇者，在黑暗混沌的谜团中探索着，攻克着，在日、月、年的轮回中，经历着身心的千锤百炼，直到有一天骤然发现了一点希望的微光，再循着这点微光一路探寻，终于找到一片光明之境，他在那里寻找到了一条可焊接的路径。

可是还没高兴多久，他就发现这条路径并不平坦。它还布满了荆棘利刺，充满了坎坷崎岖，车体焊缝在行驶和颠簸中竟然开裂。他没有灰心，在行车试验中，跟在车后跑，用手机拍摄下开裂的地方，分析它相互受力的作用，改进焊接工艺。他像个钢铁裁缝，用焊枪为坦克密密地缝制钢铁“外衣”，必须保证这“外衣”固若金汤。

继续探索、研究、实验……好不容易焊缝开裂的问题刚解决，焊接变形的问题却出现了。焊接变形至今都是世界难题，世界上还没有任何一个国家、任何一个人敢说自己攻克了这个难题，只能说，把变形控制在 3 毫米的标准范围内。3 毫米啊，对于一辆长 11 米、宽 3.5 米、高 2.37 米、重量 55—58 吨的庞然大物来说，这是多么微乎其微而又难以做到的事！

他偏要将梦想变为现实，6 年的夜以继日、专注钻研，终于，他能将焊接变形控制在可控范围内了，生产出了

1954 年开工建设内蒙古第一机械制造厂

合格的产品！他以一己之力打破了业界对这种特种钢没有可焊性的定论，填补了我国国防特种钢焊接技术的一项空白，给我国国防制造业留存了珍贵的数据，也为将来的试验、今后的材料应用，积累了宝贵的经验。

99A 主战坦克的制造成功，震惊世界！

他也名扬国内外焊接界，成为业界翘楚！

想高薪挖走他的企业、公司比比皆是，但是他说，他是一名军工人，是工厂培养了他，离开了工厂，他就成了无源之水、无本之木。

回望工厂的历史，1954 年，在刚刚获得新生不久的“一穷二白”的中国大地上，在塞外包头市一片荒无人烟的茫茫戈壁滩上，一座大型军工机械制造企业拔地而起，它就是“国营内蒙古第一机械制造厂”（以下简称内蒙古一机或一机）。

在工厂还没有完全建好的情况下，就承担了国家 59 式中型坦克的制造任务。工厂“边基建，边安装，边试制”，来自全国各地的建设者，怀着献身国防、建设边疆的雄心，克服重重困难，战天斗地，以非凡的智慧和毅力，书写了中国军工精神。

1958 年 12 月 25 日，中国制造的第一辆坦克在内蒙古

卢仁峰参加国庆 70 周年阅兵式，在观礼台留影

一机厂走下流水线，宣告了中国第一辆国产坦克的试制成功！这不仅是一部属于军工人的励志故事，更是中国坦克工业从无到有的辉煌传奇。

中国人民都还清晰地记得，1949 年 10 月 1 日，在新中国开国大典阅兵式上，从革命战争中崛起的新中国，“没有枪，没有炮，敌人给我们造”，我军武器装备大都是缴获的“万国牌”。中国人能制造出自己的装甲武器吗？这是世界对中国的质疑。我们必须拿出实力重拳向世界证明中国的强大和力量。

转眼 10 年过去了。1959 年 10 月 1 日的大阅兵格外引人注目。当 32 辆崭新的中国 59 式中型坦克隆隆驶过天安门广场，观礼台上，金水桥下，掌声雷动，欢声如潮。国外的媒体也争相报道，中国的发展不容小觑！

自此，59 式中型坦克在 20 世纪 80 年代前一直是我国装甲兵的主要装备。继第一辆 59 式中型坦克生产出来之后，由此衍生出来的型号多达十余种，服役 60 余年间，战功无数，被誉为中国坦克的“常青树”。

内蒙古一机，作为中国最大的主战坦克生产基地，在共和国兵器工业史上书写了壮丽的一笔。从 59 式中型坦克到 99A 主战坦克，它生产的各式坦克装备在天安门广场屡

20 世纪 50 年代的内蒙古第一机械制造厂

次“亮剑”，那是属于一机人独有的骄傲。

此刻，他的心潮起伏。他 1979 年入厂，先以锅炉压力容器制造为主，1989 年开始参与我国坦克制造的技术创新的现代化阶段、信息化和智能化技术应用阶段。他是这两个重要阶段的焊接研发技术的主要人物！

焊条电弧焊、埋弧自动焊、等离子弧焊、钨极氩弧焊、多元化气体保护焊、激光熔敷焊、机器人自动化焊……多种焊接方式的使用和创新，他用顶级的焊接技术，使自己成为一辆辆“陆战之王”背后的“造王者”！

但他始终那么低调，依然每天骑着一辆破旧的自行车上班，依然每天穿着一身皱巴巴的白色工作服，依然每天和工人们一起端着饭盒吃饭，甚至把饭盒端到车间里，一边扒拉着饭一边商谈着工作。

焊接、学习、钻研、攻坚克难、带徒弟，是他生活的全部。他总是在车间里忙碌，不分昼夜；总是在工厂里穿行，行色匆匆。他从16岁来到厂里工作，倏忽40年已过，从满头青丝到有了白发，皱纹也悄悄爬上了额头、眼角，可是在他的时间概念里，没有岁月迟暮，没有满足享乐，唯有工作，不断地工作；创新，不断地创新。

还是回到阅兵式现场吧！随着主持人的解说，受阅的70个型号装备中40%是首次亮相，均为中国制造。它们如钢铁雄狮般在雄壮的军歌中铿锵而来，携着民族的豪气，携着军队的威严，携着共和国蒸蒸日上的崭新风貌！展我国威、扬我军威，向世界展示中国人民军队维护祖国安全与统一、促进世界和平与发展的强大信心！

他挥动着手中的红旗，整个人因兴奋而燃烧着无限的激情。强军有我，以工匠之心焊国之重器，他为自己的选择而骄傲！

他的名字，叫卢仁峰。

他的人生故事，可堪书写。

第二章 顽皮少年的成长蜕变

1963年2月23日，农历正月三十，黎明时分，在河北省衡水市深县（今深州市）前磨头村一个贫寒的农家小院里，一个新生儿呱呱坠地。

“是个顶门立户的小子。”接生婆手脚麻利地给孩子剪下脐带，擦净身体，又把他裹进早已准备好的小棉被里，用带子扎紧，然后将扎得像个蚕蛹般的襁褓放在产妇崔苏岩身边。

崔苏岩侧脸看着婴儿黑红皱巴的脸，心疼地说：“太瘦小了。”

崔苏岩的丈夫卢国顺将一个红包塞进接生婆手里。卢国顺送走接生婆时，屋外曙光初露，几颗星子在苍灰的天穹上眨着慵懒的眼睛。不一会儿，一抹亮色渐渐浮现在东方的天宇中，霞光由桃花红到亮金黄，太阳在这华章序曲般的前奏里，如华贵的公主般渐渐露出真容，带着她的霞光仙女们将罗裙霓裳铺满天空。

如豆的灯光下，卢国顺用大手碰碰孩子的小下巴，孩子似乎感受到了，一双小胳膊竟然探出襁褓外。父亲轻轻攥住儿子的一只小手。这是怎样的手指啊，又细又小；皮肤都是透明的，能看到里面的小骨头，仿若刚孵化出的雏鸟的爪子。父亲慈爱地摩挲着儿子的小手，朝着他说：“小子，好好长大，长大了用你的双手建设新生活，做个对社会有用的人。”父亲不知道，他的儿子在多少年后，将会做一个靠手吃饭的人，父亲更无法预料，儿子会用一只手，焊出一个令人瞩目的电焊事业。

崔苏岩看着这父子俩：“他爸，给孩子起个名儿吧。”

卢国顺上过几年学，他沉思了一会儿，说：“叫仁华吧，做个讲仁义、有仁心的中华人。”

“嗯，就叫卢仁华，这名字好。”

“卢仁华。”

“小仁华，小仁华。”

父母齐声轻唤着儿子的名字，脸上的两条弧线被咧开的嘴角撑起。这一刻，他们忘记了饥饿，忘记了寒冷，忘记了生活的困窘，心里只有为这个小生命到来的欣喜，只有对儿子未来生活的无限憧憬。

他们不知道，这个儿子上学后竟然给自己修改了名字，盖因小伙伴们把他的名字喊成谐音“芦花鸡”。一个人叫，很多人也跟着叫。他生气了，跑回家说：“爸爸，我要改名，我不喜欢他们叫我‘芦花鸡’。”

卢国顺说：“那你想叫什么？”

“叫什么都行，反正不叫卢仁华！”

“好，你想改就改，你自己起吧。”卢国顺倒也开明。

他想了几天几夜，最后决定，叫“卢仁峰”。“峰”字多好啊，好听，又有“山高人为峰”的意思。他要通过自己的努力攀登，到达人生奋斗的最高顶峰。

于是卢仁华就变成了卢仁峰，这是后话了。

卢国顺两口子还有一个大儿子，比这个老二大五岁，那夜被安顿在爷爷奶奶的炕头上，整晚他都睡得很香，不知道醒来后他就有一个弟弟了。

他们家是个三间土坯房的小院。小院东侧有两间东厢房，西侧没有院墙，用上下两根铁丝抻成两道儿，在铁丝外面靠上玉米秸秆、棉花秸秆，既可挡风，又能将小院圈起。小院西侧还种有一棵碗口粗的桃树。

深县土壤特殊，系蒙金沙土质，适宜桃树的生长。树上结出的蜜桃个大皮薄，色泽绚丽，香甜如蜜，用刀戳一小口，用嘴吸吮，全部桃汁尽入口中，仅留桃核及薄薄一层桃皮，实非其他地方的桃子所能媲美。深县蜜桃的栽培历史悠久，自汉、隋、唐、五代、宋、元、明、清各朝代，皆为贡品。在深县家家种桃，卢国顺家也不例外。他家这棵桃树春季时桃花盛开，灿若云霞；夏秋季节则满树蜜桃，令人垂涎欲滴。此刻树上的枝叶未绿，苍黑的枝丫在寒风中轻轻晃动。

此时，北方大地上春寒料峭。虽已立过春，但春天还在寒冬的臂膀紧箍中束手束脚。刚刚经历过三年自然灾害，全国人民个个都饱受饥馑之苦，面色浮肿，走路不稳，尤其是春天到来时，家家已几乎断粮。

在 1963 年的那个春天，瓮里无粮，灶下无炊，年轻的妈妈怀里没有奶水。小仁华哭得声嘶力竭，最后连声音也哭不出来了。奶奶从别人家借了一只刚产下羊羔的母羊，挤了羊奶给他喝。小仁华张开小嘴吮吸着，这个顽强的小生命，就这样一天天长大了。

爷爷卢德馨是一名木匠。他的手艺十里八乡都很闻名。小仁华从小就和家里随处摆放的木工工具相伴，锯子、刨子、锤子、凿子、斧子、钳子、钉子、卷尺、直尺、角尺、墨斗……爷爷做活儿时，他就在一边守着。他最喜欢看爷爷推刨子，两手分别压住刨子两端向前推，刨身放平，均匀用力，身体前倾，推至最前端，退回再推。一层层如纸一样薄的刨花像雪片般纷纷落地，卷成漂亮的卷卷，乳白色或者淡黄色的木卷上散发出木头特有的清香。小仁华边捡刨花玩，边围着爷爷转，他看到爷爷把木头推得像镜子一样平整光滑，又把加工好的木块卯榫安插，敲打装钉，变成结实的床、桌子、椅子、凳子、箱子、柜子……没有爷爷做不出的木工活儿。

小仁华觉得爷爷的手太神奇了。他总是默默捧着爷爷的手观察，这双手手指不算修长，掌心也不算厚实，指跟处结满又厚又硬的老茧，手背上青筋暴露，连通着瘦长的胳膊。他也观察过父亲的手，还观察过身边其他人的手，他发现爷爷的手和农村所有人的手都一样，可爷爷的手为什么这么巧呢？他问过爷爷原因，爷爷指着一块刨好的木板说：“手巧，不光用手，还要用眼、用心。你眼里有着、心里装着，才能得心应手。”他仰脸望向爷爷，爷爷的话他似懂非懂，但他却记在了心里。多年后，当他成为一名电焊工，他把爷爷的话都用上了。

他五岁就上了小学一年级。新学期开学，他被父亲牵着，送到他们村子里的小学。他穿着开裆裤，挎着妈妈用五颜六色“百家布”缝制的小花书包，不情愿地走进教室里。老师把他安排在第一排最靠边儿的座位上。他小手握着铅笔，歪歪扭扭地写下最先学到的汉字：人、口、手。

班里孩子都比他大，他常受欺负和捉弄。他不像别的孩子，哭唧唧去找老师或家长告状，他是坐在那里想办法怎样才能不挨揍。想出的办法是以牙还牙打回去，非打得你不敢惹我为止。他把两条胳膊抡成风火轮，两只小拳头没头没脸地打下去，欺负他的孩子被他的气势震慑了，从此不敢再惹他。“你家二小子别看人小，有一股子狠劲。”邻居笑着对他妈妈说，他妈妈也笑了。父母们都不护短。

真正让小伙伴们彻底服他的，是他的手艺。上小学二年级时，他用锯子、锤子、钉子，将爷爷做木工剩下的边角木料，钉成了一把木头手枪。枪管由一长一短两根长木条组成，枪托是一块长方形木板。他还用钻子在木板最下面钻了一个眼，在里面穿过一根红布条系上。他用砂纸把这把木头手枪打磨得细腻光滑，没有一点儿毛刺儿。这把木头手枪在小伙伴们中一亮相，大家都惊呆了。

“哇，让我摸一下！”

“让我摸一下！”

“我也要摸！”孩子们一哄把他围在中间。

“让你们摸，一个一个来。”

“这么好看的枪是你爷爷做的吧？”

“不是，是我自己做的。”

“啊，不可能，你会做枪？”

“信不信由你们。”

孩子们由质疑到相信再到佩服，“卢仁华，你真厉害！”

角色是在不知不觉中转变的，不知从何时，他从“小跟班”变成了“孩子王”。他举着木头手枪振臂一呼：“冲啊！”一群孩子跟在他身后，上树爬墙，捉天牛粘知了，掏鸟抓蛇，跳房顶钻庄稼地，就没有他们不干的“坏事”。那时社会上已经刮起“读书无用论”之风，老师们不能正常上课，孩子们也都整天跑着疯玩儿。

而此时，卢国顺和崔苏岩却在考虑着一家人的温饱和前途，在二儿子之后，他们又相继生了两个女儿。为了改变家庭现状，他们决定去支援大西北建设。从20世纪50年代，党中央和国务院就发出了“开发大西北、支援大西北社会主义建设”的号召，从此，一批又一批全国各地的有志青年，背着行李，踏上了大西北的广袤天地。“支援大西北”“哪里有事业，哪里有爱，哪里就是家”“到祖国最需要的地方干事创业”是当时中国人喊出的响亮口号。卢国顺和崔苏岩都是村里读过书的年轻人，他们的思想和行动自然也不能落后，他们要汇入时代的潮流。

卢德馨和老伴儿都不同意：“你们到那里人生地不熟的，哪比得上在家门口挣扎着过活，咱这里平原沃野，遇上好年景也算物阜民丰，有个事儿乡里乡亲间也能互相照应。”

但卢国顺就是拿定了主意：“走！”

那是1970年夏日的一天，爸妈带着4个孩子，哥哥12岁，卢仁华7岁，大妹妹5岁，小妹妹2岁，一家六口人乘上了去往包头的绿皮火车。火车“哐当哐当”行进着，卢仁华第一次出门，第一次坐火车，他无比兴奋。车厢里是背着大包小包拥挤的人群，是集合了烟味、汗味等世界上所有难闻的古怪味道，是让耳朵一刻也不停歇的嘈杂声，是电扇在车顶上“轰隆轰隆”转也依然改变不了每个人汗流浃背的窘境，是每个人不停地用小手绢扇着、擦拭着的汗水。车窗外，村庄、房屋、树木、土丘、河流都一闪而过……这样的旅程，对于卢家四个孩子来说是兴奋的、新奇的，也是找不到座位长久站立后的疲惫和烦躁，车厢里开始有小孩在哭……开始有大人在哄着、训斥着孩子。

那是一段漫长的行程，全程一千多公里，历经十几个小时后，他们终于在半夜到达包头市东河火车站。漆黑的夜色中，一道山梁在天地间兀立着。后半夜的包头夜凉如水，他们身上的热汗早已不见。两个妹妹趴在父母肩头睡着了，小兄弟俩强撑着眼皮，抬着行李跟在父母身后。走在包头市的城区里，房屋参差，街道窄小，夜色中的老城就像一张陈旧的黑白照片，镶嵌在远处的大山前面。一家人一天都没吃东西了，腹内饥饿，精疲力竭。他们历经艰辛，才来到内蒙古第一机械厂。

20 世纪 50 年代初，党和国家制定的“一五”计划共安排大中型建设项目 694 个，其中，有 156 个项目是苏联援建的，被称为“156 项工程”，这些项目主要配置在东北地区、中部地区和西部地区。“156 项工程”落户在包头的有包头钢铁公司、内蒙古第一机械制造厂、第二机械制造厂、包头第一热电厂、第二热电厂5个项目。当时，这5个工厂都在大量招聘工人。

幸运的是，内蒙古第一机械厂留下了卢国顺和崔苏岩，并给他们一家六口安排了一间小小的宿舍，17平方米的屋子里放下一张床后，就再没有下脚的地方，但一家六口都能挤在这张床上睡，他们已经很知足了。

卢仁华和哥哥在当地上学，两个妹妹也上了托儿所，父母则把全部精力都投入工厂工作中。后来，母亲又生下一对双胞胎弟弟。小小的屋子住不下一家八口人，于是就在房子前面接出一间，做成里外间。

在这个新环境里，除了孩子们打架，还有人给他起外号，叫他“芦花鸡”。他一怒之下将名字改成卢仁峰。

学校里没有学习的氛围，卢仁峰在学校里就是混日子，混到初中毕业，他不想再上了。此时他已是14岁的少年，前路渺茫，不知道该何去何从。那是1977年，最后一批知识青年下乡，他本可以不用去的，父母也不同意他去，但他偷了家里的户口本，偷跑着去下乡了。一同去的还有几个比他大的人。他们乘坐着闷罐车，颠簸了七八个小时，到达了距离包头市300多公里的内蒙古自治区巴彦淖尔市杭锦后旗头道桥公社，民丰一队。

这是一个草原区，四野茫茫，风吹草低，牛羊闪现。那一望无际的草原将他深深震撼了。队长上下打量着他，皱起眉头："这不是一个矮小瘦弱的娃娃吗，能干活吗？"他打了一个立正，拍着胸脯说："队长，我什么都能干。"队长笑了："好小子，人小志气大呀。"

队长不忍心让他干重活，但是让他干什么呢？好像也没什么他能干的。队长思来想去，有了，晚上放牲口这件事还没人干呢。旁人一听，把头摇得像个拨浪鼓："不行不行，那大晚上的有野狼、有狂风，还有鬼火，多瘆人，大人都不敢，他一个毛孩子还不吓尿了。"队长说："我问问，万一他不怕呢。"队长把他叫来一说，他回答得很干脆："没问题，我干。"

"要整晚都放，茫茫野岭，你不怕？"

"怕什么，鬼还能把我吃了？"

"没有鬼，可是有狼呢。"

"狼我也不怕，可以点起篝火，不是还有猎枪吗？"

"就冲这几句话我就看你小子行，不过你也别逞强，先放两天试试，害怕了也不丢人，我给你换岗。"

"队长你放心，我保管不用换。"

就这样，他成了一名夜里放牧员。队上有驴子、骡子、马，共 52 口牲口。这些牲口白天在地里干活，晚上到草原上放牧。俗话说：“马不吃夜草不肥”，牲口长膘全凭晚上吃草呢。这个活儿没人愿意干，就他不知轻重接了。

放牲口的地方是一片墓地，一个挨一个的坟头散布在草原中。深邃的天穹中繁星点点，这辽阔无比的幕宇映衬得人类如此渺小。卢仁峰骑在领头的马背上，背后背着一杆猎枪，身后跟着一群牲口。它们啃着鲜美的青草，走走停停，化成比黑夜更黑的剪影。牲口们吃饱了，在星空下打着响鼻儿。卢仁峰困得不行了，便找一个避风的坟头，在旁边燃起一堆篝火，把坟头当枕头，躺下小睡一会儿。马、骡、驴都很听话，绝不乱跑，吃饱后它们也会站立着睡觉。卢仁峰也并未睡沉，一点动静就能醒来。野狼在远处嚎叫着不敢靠近。他骑的这匹马通人性，总是不离他左右地保护着他。

天亮了，卢仁峰赶着牲口们往回走，它们要在白天里干活。迎着清晨的朝阳，卢仁峰骑在马上放开歌喉，唱起嘹亮的歌曲。他有一副好嗓子，是标准的男高音，他的梦想是有一天自己能进歌舞团，做一名歌唱演员。

队长还在等着卢仁峰来找他调换工作呢，一天、两天他没来，一个月、两个月过去了，他把牲口们都喂养得个个膘肥体壮。这让队长对这“小娃娃”刮目相看了，他逢人就夸：“这个小娃娃以后是个能成事的人。”

1979 年，卢仁峰作为最后一批下乡知识青年返城，回到包头。这时他才 16 岁，严格意义上来说还是一个孩子，可他又比同龄孩子成熟很多。在头道桥公社民丰一队两年的锻炼，强健了他的体魄，也成熟了他的思想。卢国顺夫妻赫然发现，他们家老二长大了。

因为父母是第一代军工人，所以卢仁峰顺利进入内蒙古第一机械厂，成为第二代军工人。

第二章 从电工到电焊工的奋进

少年卢仁峰在内蒙古第一机械厂门口踟蹰着。

他的目光越过一机厂，正好可以看到厂房背后的大青山高入云天的峰顶。峰顶苍翠蓊郁，与蓝天白云衔接，自有一种巍然的气势。山峰总让少年的他生出无数遐想，山峰是地球上的英雄，他崇尚英雄，追求勇攀人生的峰顶。位于阴山山脉中段的大青山也是包头的英雄山，抗日战争时期，老一辈无产阶级革命家建立了大青山抗日游击根据地，大青山上洒满烈士的鲜血。傲立于天地间的大青山东西横亘，从呼和浩特大黑河上游谷地拔地而起，向西迤逦至包头昆都仑河，绵延240多公里，成为一道巨大的天然屏障。而几十公里外，黄河将“几字弯”的顶端献给包头，滚滚流水到这里陡然一转，宛然少女般温柔娴静。一机厂选址建在这里显然别有深意，先不说这里矿产资源丰富，交通便利，从人文地脉上看，这里背靠大山，面朝黄河，山的厚重、水的浩瀚，犹如父亲的臂膀母亲的怀抱在托举着钢铁热血的儿子，自是一方得天地自然荫庇的钟灵之地。

此时正是早晨七点多，一机厂周边的青山路、兵工路、民主路上都是步履匆匆上班的人群。道路两边的行道栽种着整齐的白杨树和洋槐树。白杨叶大，洋槐叶小，树木繁茂的枝叶恣意张扬。叶片向上的一面承接着初升的朝阳，反射出翠绿的璞玉般的光泽，带着柔曼的质感，让人心情无比熨帖。早晨的阳光总是如此美好，像婴儿，像少年，像花，像树，像河，像海，像一切昂扬向上、蓬勃着青春力量的事物。

阳光下的卢仁峰感觉自己也是阳光的一部分，从血液到血管到皮肉到神经到骨骼，全身的每一寸都充满着朝气。一个16岁的少年，正有大把的青春，他无须去憧憬未来，等待他的未来像此刻高远的天空，辽阔、深奥、莫测，有无限可能。工作是生活的重要一部分，他马上就要有一份工作了，有一份自己喜欢的工作，成为一机厂里的一分子，用双手去参与现代化建设。

这一天，是1979年7月1日。这一天，也是中国共产党的诞生纪念日，全国人民都在庆祝建党节。鲜红的党旗在大街小巷飘扬，在工厂、学校、部队的上空飘扬。这特殊的日子，又加上个人命运的特殊安排，真是别有深意。

卢仁峰从工厂门口望着工厂里高大的厂房，望着六七层楼高的圆柱形设备。他耳朵里似乎听到了机器的轰鸣声，似乎看到了身着工作服的工人们正在机器前神情专注地操作，这就是一名祖国工人的日常，多充实呀！多伟大呀！他的心里溢满了幸福。

此时上班的工人多起来，他们胸前佩戴着工作证，或者独自昂首挺胸，或者和同伴说笑着，陆续从门卫面前走过，进入工厂的大门，进入属于他们的车间。卢仁峰可以看到他们走路时翻起来的鞋底——胶鞋、布鞋、皮鞋的鞋底，鞋底们有节奏地和地面亲密接触，又迅速离开地面，像是在地面上弹跳舞蹈，又像是在和地面频频鼓掌，频率的轻快，透着无法言说的自信和骄傲。

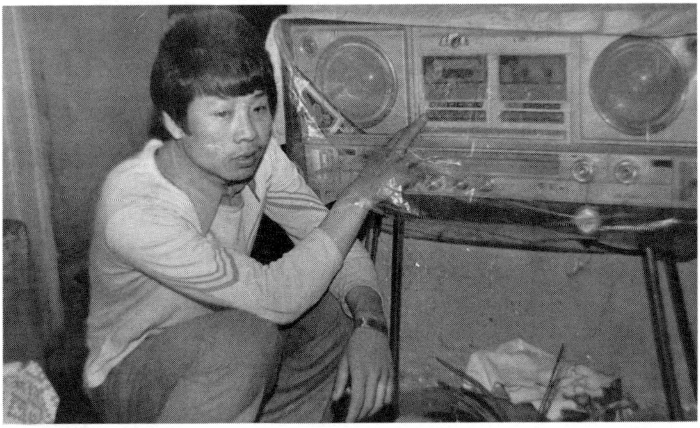

刚参加工作时的卢仁峰

确实，在一机厂工作的人，有骄傲的资本。一机是什么？一机可不是什么籍籍无名的小厂，它可是全国瞩目的重大军工企业。我国的第一代主战坦克，就是在一机厂生产制造出来的。

在科学技术、精密仪器和钢铁洪流中，去制造这些梦幻般的“大家伙”，去实现中国军事雄立于世界的梦想，该是多么让人热血沸腾！卢仁峰想起自己小时候制作木枪和小伙伴们玩木枪的情景。此时，那种童年的懵懂，已经上升为更加真实、冷静、坚硬和理性的实践行为。这是钢铁和科学技术的特殊浪漫，需要付出一生的努力去追求。第一天去上班，当卢仁峰站在一机厂门口的时候，卢仁峰心想：“要在一机做出一番事业来。”嗯，就是这样的，他对自己说，“很真实的想法，并不只是一句口号。”

出门前，在饭桌上，母亲把菜添到他碗里，冲父亲说：“一会儿你陪咱儿去报到。”

父亲说：“放心，我带他去。”

他说：“你们别管，我自己去。”

“真不用管？”

“真不用。”

“也好，你长大成人了，自己的事情自己做。”

他闷头喝着粥。他有自己的想法，在工厂里决不能给父母抹黑，但他又不能因为父母在工厂，而受到特殊照顾，他会服从工厂安排，让干什么就干什么，决不挑三拣四，拈轻怕重。

父亲欣慰地看着他，老二脾气倔，这一点像他。

吃完饭，父母还在收拾，他早于他们来到了工厂门口，这是他第一天上班，他要提前到，给人留下好印象。

调整好了情绪，他拿着报到通知书进了工厂。虽然父母在这里上班，但是军工保密单位，他还是第一次进来。一切都是新奇的，有高大的车间厂房，高大的机器设备。

人事处处长上下打量着眼前的小青年，身高不足一米七，瘦瘦小小的，一张娃娃脸，嘴角上的绒毛都还没长出来。人事处处长哈哈大笑说："长得有老卢的样子，你才十六岁？"

"是的，十六岁零四个月。"

"年龄还小，你这小身架怕也干不了重活，这样吧，你去动能处修理车间干电工吧，刚开始不会不要紧，我给你安排个师父带带你。这样，你先去库管那领一套电工工具。"

他兴奋地去领了电工包，打开看到里面装着电工钳、电工刀、剥线钳、尖嘴钳、活扳手、电烙铁、改锥、胶带、低压试电笔等工具。他学着师父的样子，用一根皮带把工具挎在腰上。师父告诉他，他的工作职责是负责动能处电器线路的安装、运行电器设备的检修、用电仪器的检测、电器设备的检查等工作。

有师父带着，再加上他的勤奋学习，没几天他就能独立操作，进行接电、接设备、故障检修了。

和他一同进厂的人都分到了不同的岗位上，大家非常羡慕他，电工是多好的工种呀，没有太高的技术含量，工作也相对轻松。大家越是羡慕他，他心里越是觉得不好受，你说自己年纪轻轻的，就应该去干更苦、更累、更有挑战性的工作，干这种这么轻松的工作算怎么回事？

他干了一个多月后，一天，车间里的董祥和宋占全两位师父在焊锅炉，他们用的电焊机需要接电。

董祥冲他喊：“小卢，你过来一下，给我们接一下电。”

“好嘞。”他愉快地跑过来，几下就把电接好了。他充满活力、跑跑跳跳的精神状态，使得师父们都很喜欢他。

接完电，他站着不走，看董祥和宋占全两人一人一把焊枪在焊锅炉。只见他们一手拿着电焊帽遮挡住面部，一手拿着电焊枪焊接，火花飞溅，长长短短的千万条光线遽然爆发又瞬间落下去，周而复始，明明灭灭，像绚烂的生命华彩。卢仁峰不动眼珠地盯着看，时间在默默流逝，他却浑然不觉。

等他们焊好了，卢仁峰走近一看，禁不住发出“呀”的赞叹声，他被震惊了，他们竟然把锅炉焊得那么漂亮、焊缝那么均匀，就像是一根麻绳箍在两扇半圆形的压力锅上面，焊缝闪着银色的光亮，一纹压着一纹，像女孩的麻花辫，像黄河大鱼的鱼鳞纹，对接的地方严丝合缝，焊纹却又那么平整光滑。这哪是在焊锅炉？分明是在进行艺术创作啊！工具是焊枪，材料是焊条，在一双灵巧的手中，成为精妙绝伦的艺术作品！

董祥和宋占全放下焊枪，抬头看到小伙子还没走，董祥故意逗他："小卢，你看我们俩焊得怎么样？"

"好，好，太好了！你们俩太厉害了！"他激动得都语无伦次了。

宋占全说："其实呀，这也没什么，就是熟能生巧罢了，不过，比你干的电工可不轻松。"

那两人又说了些什么，卢仁峰已经听不进去了，他的心里像烧了一锅开水在沸腾着，又像是沉睡的心房被绚烂的焊花激活了。他只感觉到心脏在怦怦怦地剧烈跳动着，心里有个声音在热烈地说："我要干电焊工，我要干电焊工！"

那天晚上一回到家，卢仁峰就迫不及待地把自己的想法跟父母说了。

母亲说："人家都想抢着干电工呢，你倒好，给你个香饽饽你却要给扔了。"

他用恳求的目光看向父亲。

父亲说："我知道你想干更有挑战性的工作，但那不是人人想干就能干的。电工和电焊工虽然都带‘电’，却是两种完全不同的工种，需要的知识储备也不一样。你才上过几天学？肚里有多少墨水？肯定行不通呀。”

“我是读书不多，但我会通过学习，让我的手不比别人差。”他反驳道。

父亲沉默了一会儿，说：“那你可得想好喽，干了电焊工可不许反悔，别干了几天干不下去又要换别的，我这张老脸可没地方搁。”

“我决定了，就干电焊工，决不反悔。”

“你先别急着作决定，先考虑几天再说，别听风就是雨。”

“不用考虑，就这样定了。”

“既然这样，我明天就去给你说。”

母亲还想再反对，父亲摆摆手。母亲叹一口气，不再吭声。

第二天，父亲就去找车间主任了：“主任，您看能不能把仁峰那小子给调换成电焊工，他对这个感兴趣呢。”

“老卢，小年轻脑子发热，你没劝劝？”车间主任一脸的难以置信。

“劝了，不管用，铁了心要干呢。”

“那我可就换了，咱可丑话说前头，不许反悔呀。”

“他能不能反悔那还不在你啊，哈哈哈哈。”

两人都笑起来。车间主任心里偷着乐呢，巴不得有人愿意去干电焊工，正愁缺人呢。卢国顺上午跟他说，他下午就把卢仁峰改成了电焊工。

一听如了愿，卢仁峰心里那个高兴啊，他跑到焊机前，拿起一把焊枪，左看看右看看，冲这个铁家伙得意地

卢仁峰工作照

说：“看我制服不了你？咱俩较较劲，我非得干成有水平的电焊专家不可，要干就干出名堂来。”

他成了董祥和宋占全俩人的徒弟。可董祥和宋占全俩师父根本不把他这个“小屁孩”放在眼里，觉得他就是一时好奇闹着玩的。做电焊工辛苦不说，还得有定力。就拿最基本的平焊、横焊、立焊、仰焊来说，身体要长久地保持一个姿势，眼睛一盯就是几个小时、十几个小时，要有非常人可比的恒心和毅力才能完成，像他这样像个小皮球似的整天蹦蹦跳跳的毛孩子，哪吃得了这苦，受得了这罪？俩师父都心照不宣地不教他，等着他自己来说放弃。

卢仁峰却欢欢喜喜、认认真真地去学习，师父干活时，他就紧紧盯着、不离左右，在旁边默默记下操作要领，琢磨着电流调整的规律、焊接电弧的力度、熔池的结晶状态。师父休息时，他就默默地去收拾起师父散落在地上的料头，一块钢板、一截钢管、一片碎裂的弧面、一段断掉的焊条……点点滴滴的料头他都收集起来，师父不焊的时候，他回想着师父操作的每一个要领，抓紧时间去焊几下：把钢板和钢板焊接起来，把钢板和钢管焊接起来，把弧面切断再焊接起来……无数种组合，焊了割，割了焊，反反复复，不厌其烦。师父看他像小孩子在玩组装游戏似的，脸上笑容未泯，心想且等他有“玩腻”的一天再说。

可卢仁峰不但兴趣不减，反而越练越起劲儿了，不但上班时间练，下班时间也练。车间一角有个堆放杂物的小屋，有个七八平方米，平时也没有人去，卢仁峰就自己动手收拾出来，把一台破旧的电焊机放在里面，把捡来的料头也放在里面。下班后，别人都回家了，他就在小屋里拼命练习。常常一练就是四五个小时，忘记了吃饭，忘记了回家，两只胳膊和手练得又肿又胀，两条腿都蹲麻了，站起来半天走不了道。

从车间出来，厂房沉黑阒寂，甬路上空旷无人，头顶上的星星闪闪耀耀。他能听到自己的鞋底和地面摩擦的声音，这声音伴着他走出工厂，走回到家里。母亲把饭菜给他捂在锅里，见他回来后，总是边盛饭边责怪他：“你也不看看现在都几点了？长期这样，身体哪能扛得住？”

“这算什么呀，我一点都不累。”

他把馒头塞在腮帮子里，馒头把腮帮子撑得鼓鼓的，他吃着吃着竟忘记了咀嚼，把桌子当成练习试板，把筷子当成焊条，左一下右一下开始比画起来，他在思考着练习过程中的不足。

母亲冲父亲撒气：“你看看咱儿现在这个样子，简直是入迷得都快疯魔了，都怪你，要不是你激将他，他也不会这样。”

父亲说：“哪能怪我？我倒觉得，年轻人执着于一件事是好事。”

父母的心疼、埋怨，他充耳不闻，既已决定了的事情，就决不会改变。

卢仁峰在练习中也发现了自己理论知识的欠缺。那时，厂里每隔一段时间就要进行技术大练兵，考技术、考理论。技术他不怕，理论他每次考试都不及格。然而，那让他感到脸红的数字，非但没有让他气馁，反而更激发了他的斗志，他又全心地投入理论学习中。为了提高大家的理论水平，厂里安排经验丰富的老师傅在下午6点下班后开展技术讲座，自愿听讲。卢仁峰又成了听课最积极的人。他带着一个笔记本边听边记，不懂的知识课后去向人请教。他感觉自己像扎进了深奥的谜一样的世界里，金属材料学、热处理学、冶金学……各种学科知识吸引着他，又为他设置着重重障碍，像连绵的阴山山脉上的一座座山峰，需要他用实力去征服。

他购买了大量专业书籍和杂志，有《金属与热处理》

《机械工人》《焊接工人》《焊接工艺学》……他如饥似渴地阅读着。他整天背着一个小军挎，军挎里装着他的书籍、杂志、笔记本。练习焊接累了的时候，他就看书看杂志，里面的前沿理论知识，还有技巧、窍门，以及技术指导，都给了他实实在在的帮助。一本本书籍杂志被他啃透、翻烂了，他记下的学习心得和读书笔记藏在家里的抽屉里，

卢仁峰正在工作现场查看焊接质量

厚厚的一沓。

终于，在厂里再考理论知识的时候，他考了一个很高的分数。从不及格到高分，他的进步让人惊讶。董祥和宋占全这两位师父也不得不对这位小徒弟刮目相看了。

“这小卢还真行啊，我们当初还真小瞧了他。”

“确实是不赖，是个不可多得的好苗子！”

两位师父一改常态，都开始认真教他了。他在电焊技术的海洋里扎得更深了。他给自己规定，每天最少练习不低于 30 根焊条。这是个什么概念？通常情况下，直径 2.5 毫米的电焊条可以连续焊 60—80 毫米长的焊缝；如果是直径 3.2 毫米的焊条可以连续焊 70—100 毫米长的焊缝；如果是直径 4.0 毫米的焊条可以连续焊 120 毫米长的焊缝。也就是说，假如拿直径最小的 2.5 毫米的电焊条 30 根来算，他每天至少要焊 2000—2600 毫米长的焊缝。他在不断地焊接中揣摩着材料的性能、焊条的成分，揣摩着火花飞溅中两者在高温和亲密接触下物理性能和化学反应之间产生的微妙变化。

卢仁峰练习的小屋旁边有一个大会议室，下班之后职工在里面打乒乓球，锻炼身体。卢仁峰练习得很苦的时候，他也会放下焊枪，去跟同事们打一会儿乒乓球。洁白的乒乓球在眼前飞舞着，球和球拍亲密接触时发出的“乒乒乓乓”的声音听上去那么动听，那么铿锵有力。卢仁峰闪躲腾挪，手臂伸缩挥扬，不一会儿就汗如雨下。这对他来说不仅仅是娱乐放松，他深知体能锻炼的重要性：要做一个好焊工，首先得有一个好身体。打乒乓球后来成为他长期坚持的锻炼项目，很多和他对决的人，都不是他的对手。

难怪有同事调侃他：“人家小卢就是聪明呀，聪明人干什么都厉害。”

他微微笑，心里是清楚的：他不笨是真的，但更重要的是他无论做什么事都比别人更认真、更投入，就连锻炼和玩也不例外。

他在进步着成长着，工作也越来越出色。到 1983 年，他 20 岁，出类拔萃的技术水平和吃苦耐劳的精神，使他成为同事们中的佼佼者。组织上看到了他的成长，便提拔他为动能处修理车间管道二班副班长。

他是厂里有史以来最年轻的副班长，许兴奎师傅是班长，他和许师傅一起带着大家干。别看他年龄最小，却很有吃亏让人的胸怀。班里发奖金，他让大家多拿，他拿最少的。遇到了脏活、累活，他身先士卒抢着去干。遇到节假日加班，他也是让别人休息，他留在车间。遇到技术难关，他不眠不休千方百计去解决。他先人后己，迎难而上，他用实际行动赢得了人心，大家没有不服他的。

大家都看好这个年轻人，相信他会在勤奋的磨炼与刻苦钻研下，在电焊事业中成就一番辉煌。于千万人中才出一双技术工匠的手，这是企业的幸运，也是个人的荣光，可是命运往往又是那么诡谲莫测，谁能预料下一刻会发生什么呢？

第四章 被剪板机切断了左手

转眼到了1986年，卢仁峰已娶妻生女。

妻子董焕先，小名叫喜喜。喜喜是他的邻居，两人住前后栋，同为一机厂子弟，也一起成为一机厂职工。青梅竹马的一对年轻人，在朝夕相处中渐生情愫，喜结连理。少女喜喜有两条乌黑的麻花辫、白皙的皮肤、姣好的面容，一双溪水般清澈的眸子，她性格温柔，勤俭持家，照顾老人尽心尽力，像她的小名一样，水灵喜人。

家庭和美，事业奋进，卢仁峰的人生看起来如此完美。他每天哼着歌去上班。他的歌喉高亢浑厚，总能唱出气势非凡的感觉，也总能引得路人驻足，倾听他的歌声，直到那歌声消散才不舍地离去。人们都说，他不当歌唱家可惜了。每当此时他都会自豪地笑。他是会唱歌的电焊工，如果电焊也有旋律的话，那他就要把这种电焊弧光的旋律打造成无与伦比的精美工艺品。

当时，卢仁峰班组的主要任务是焊锅炉压力容器。锅炉压力容器适用于我国的核电站、氧气站、储罐、槽罐、输送管道、石化、能源、制药、纺织机械、矿用等多个领域，是现代工业不可或缺的重要部分。其重量大的上千吨，小的也有一两吨。产品多为圆形，要一环套着一环焊，焊接质量不合格，就会引发泄漏和爆炸事故，给国家和人民的生命财产造成巨大损失。

夹渣和气孔是锅炉压力容器焊接中的主要问题。一件焊接完成的作品，都需要无损探伤，经X射线一照，任何缺陷都跑不掉。优质的焊接工艺，焊缝里洁白无瑕，非常漂亮。相反，那些残次品，里头都是黑点子、黑道道、气孔、夹杂物，射线探伤的话，缺陷一目了然，自然通不过质量检查。探伤等级分一级、二级、三级，三级为不合格产品，二级为合格产品，一级为优秀产品。就是任何高手，也不能保证每次都焊出完美无缺的一级品，因为在焊接过程中，人可能不经意间稍微眨了一下眼睛，手抖了一下，这个地方就会出现肉眼看不到的接头。手要稳、准、狠，绝非一日之功。卢仁峰焊接出的锅炉压力容器虽不能说每次都达到一级，但焊口一次合格率达百分之百，从无返工，这在他们班组唯有他能够做到。

一次，铁道部的一位专家来厂里参观。这位专家在观看了卢仁峰焊接的锅炉压力容器后，感慨地说："没想到在一机厂出了这样一只小小的萤火虫，未来他将会推动一机厂焊接事业的前进，实在是太难得了！"

在这样的盛赞下，卢仁峰并没有骄傲自满、止步不前，反而更加刻苦了。他从不怕困难，相反，困难来临时他充满着挑战困难的兴奋和激情。每一次厂里有了新的焊接任务，他常常通宵达旦地去研究、琢磨，直到找到可行的焊接方法。

比如每一种材质的焊接，都会出现焊缝的高度过大或过小、焊缝的宽度太宽或太窄，以及焊缝和母材之间的过渡部位不平滑，表面粗糙，焊缝纵、横向不整齐，还有角焊缝部位焊缝的下凹量过大等问题。焊工要解决焊缝坡口加工的平直度较差、坡口的角度不当或装配间隙大小不均的问题，解决焊接中电流过大或电流过小的问题，解决焊工操作熟练程度不够、运焊条方法过快或过慢的问题，解决焊条角度不正确的问题，解决埋弧自动焊接过程中，焊接工艺参数选择不当的问题……太多太多的问题都得以解决后，才能找到那套最佳的方案。作为班组带头人的卢仁峰自然责无旁贷地承担起了这大量焊接工程中的实验工作。每承担一次新的焊接任务，对他来说都是一次挑战和提升。

1986年9月，厂里新进了一批特殊钢材。和往常一样，卢仁峰要去和这些材料们相亲相近，了解它们，最终取得焊接它们的真谛。

那天傍晚，阴云笼罩着草原钢城。一大块一大块垛堞般的乌云，像要在天空建造起巨大的黑色城堡，风被滞留在遥远的大海之滨。空气凛冽，黑色的大鸟扇起翅膀从天空掠过，不知是要急着回巢还是在和冷空气做搏击。青山苍郁，犹如支撑起天地的巍然城郭。同事们都下班了，夜幕落在一机厂里的厂房、车间、甬路旁的大树，以及大树下的花花草草上，工厂显得幽暗和宁静。卢仁峰所在的车间内却依然灯火通明，他一个人在埋头苦干。

在没生女儿前，董焕先总是陪着他在车间里练习。刚开始时，她是钳工，卢仁峰是电焊工。这对小恋人总是一起上班，一起下班，形影不离。董焕先每天下班后都到卢仁峰的车间里去找他，陪着他练电焊。他练习，她就给他摇电流、调整焊接电压。那时电流、电压的参数都是手摇的。每次焊接都要根据材料厚度和焊条直径选择合适的焊接参数，电流过小会影响焊接质量，电流过大则可能烧穿材料；合适的参数能够确保电弧稳定燃烧，提高焊接质量。两人心有灵犀，默契到什么程度？只要卢仁峰一个眼神，话都不用说，她就知道他要多大的电流、电压，她立即就能给他送上。他练到几点，她就在旁边陪到几点。后来，董焕先索性也改成电焊工和他一起练。两人互相交流切磋，互为事业上的好帮手、好搭档。

婚后小女儿呱呱坠地，卢仁峰一双拿焊枪的巧手却变得那么笨拙，他生怕把女儿抱得不舒服，生怕勒疼了这软软糯糯的小天使。他不让妻子下班后再陪他练习了，女儿比他更重要。董焕先心疼丈夫的辛苦，每次卢仁峰练习到很晚时，她都会将做好的饭菜装进保温桶里，提着送到车间来。

这天傍晚，董焕先知道丈夫又要加班到很晚。她急匆匆在家里做好晚饭，喂好女儿，把女儿交给婆婆照看，她

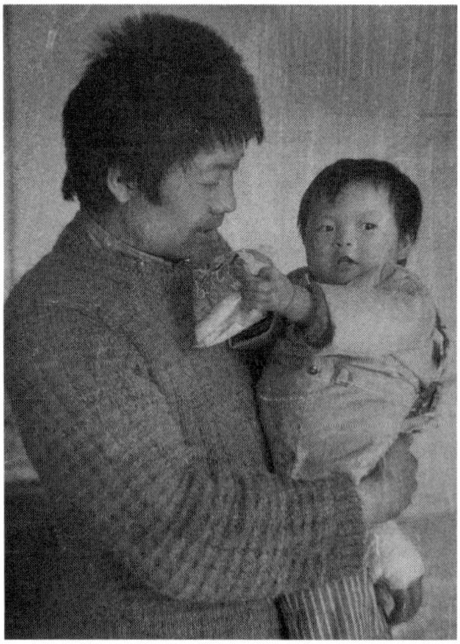

卢仁峰与女儿合影

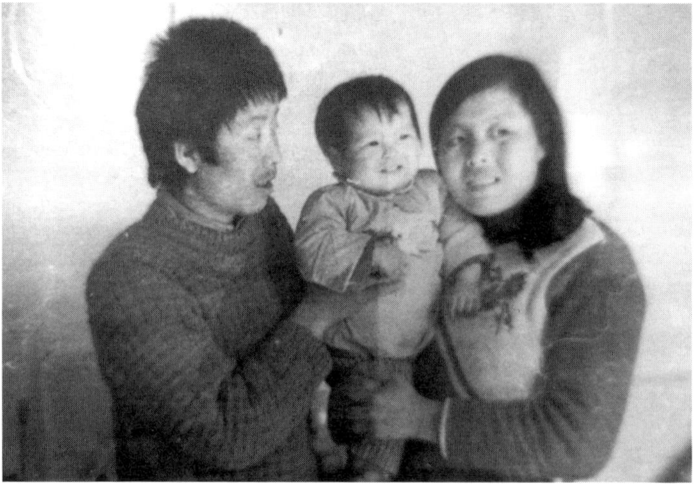

卢仁峰一家三口合影

把饭菜、馒头装进保温桶里，要给丈夫送去。

婆婆说：“你先吃了再去吧，他不差这一会儿。”

“不了，我到那儿和他一起吃。他饿久了胃疼。”

她把保温桶挎在自行车前把上，腿一撇跨了上去。结婚后，卢仁峰家没有地方住，于是又在宿舍楼头挨着厕所的地方用砖土垒起一间简易棚子，算作他们的新房。那时卢仁峰的爷爷、奶奶也从衡水搬来住，后来瘫痪的姥姥也搬过来了。一家十几口人，住房紧紧巴巴的。

天上不见一颗星星，昏黄的路灯把一抔光装进路面的坑洼中。自行车有些颠，好在都是熟路，每天走，哪里有个坑洼闭着眼睛都能知道。路上行人并不多，寥落的人影行色匆匆。秋雨不知道什么时候就要下来，谁也不想被淋在路上。她飞快地蹬着自行车，身上出了一身细汗，内衣紧贴在身上，往日 20 分钟的路程，这次 15 分钟就赶到了。

此时的车间里，卢仁峰正站在一架老式剪板机前，双手戴着大皮手套，手中拿着一大块钢板。他在心里计算着要切割钢板的尺寸，他要从这块钢板上切下一块来进行练习。这是一台大型剪板机，吨位重、马力大，只要踩一下脚下的开关，多厚的钢板都能像切菜一样被钢刀齐齐切断。通明的灯光照着卢仁峰瘦小单薄的身影，那身影在剪板机前轻轻晃动，钢铁和肌肉的力量悬殊让人产生隐隐的不安。车间里异常寂静，除了卢仁峰拖动钢板发出的声音，沉闷，巨大，带着悠悠的颤音，在高大的车间顶上回荡。

董焕先的自行车轮正在向车间飞速赶来，保温桶撞在车把上发出“当当”的声响。

卢仁峰俯身将钢板放在剪板机下。他身体前倾，左手抓着钢板上端，右手扶着钢板下端，一只眼睛眯起来，瞄准、对齐。灯光将乌金照得闪闪发亮。

董焕先走进了车间。她携着沉闷的夜色，披着一身急迫，正向他走来。她看到了他全神贯注的样子。他执着的神态总是那么迷人，他没有看到她。

他脚上穿了一双大头皮鞋，有些笨重。长久地站立，使得他的双脚总是有些肿胀。为了让脚舒服一些，她给他买了大一号的皮鞋。他正在调整尺寸，往左一点，再往右一点，对齐了……他完全沉浸在摆正钢板的工作中。他不知道，大头皮鞋中的一只，竟然碰触到了剪板机设置在下面的开关。那时候的剪板机还没有感应器，就在他浑然不知、忘我投入间，一字形的钢刀已经稳、准、狠地下来了，“咣当”一声，钢板被切断了，他戴着皮手套的左手半个手掌连同五根手指也被切断了！

“仁峰！”她一声惊呼。

他蒙在原地，脑子一片空白。快速切割，痛感还未来临，但鲜血已经哗哗淌下，落在他身上，落在剪板机上，落在地面上，浓重的血腥味迅速弥漫了车间，灯光下可怖的殷红令人触目惊心。短暂的几秒钟后，他清醒地意识到，他的左手被切掉了！谁也无法想象，这时候的他，却

卢仁峰手部受伤后的手印

做了一个令人费解的动作：他举着伤残的左手，走到旁边的电焊机前，俯身用右手拿起了焊枪，他举着焊枪还颠了颠。后来他对人描述那天的情景，他说：“焊枪沉甸甸的，那种真实和稳牢感让我的心突然踏实了，我对自己说，没事儿，右手还能焊。”

他放下焊枪，走到设备另一边，捡起掉落的半截手掌，那手掌正躺在半截手套里，冒着血，软塌塌的，还有皮肤的温度，骨头和肉也都还齐整。他把断掌拿在手上对了对，还对得上。妻子的哭喊声让他这才想起要止血，他把断掌放在台面上，右手一把撕开身上的工作服，把工作服在左手上缠了几圈止血。

董焕先跑着去打电话求救。不一会儿，厂里的车来了，领导和同事们也来了，卢仁峰被大家送到一机厂医院。20 世纪 80 年代，以当时的医疗技术，别说是一家厂医院，就是三甲医院也不具备接掌技术，一机厂医院无能为力。

所有人都感到心疼、可惜，这么好的一个电焊好苗子，多少年才能出这样一个人才呢，就这样突遭横祸，怎么能不让人扼腕叹息？可这个时候又不是扼腕叹息的时候，首要做的是尽量地保全他左手的部分功能。

各方力量都在帮着联系有哪家医院能治疗，有人打听到呼和浩特市有个著名骨科专家正在包钢开研讨会，让他试一试看能不能接上。怀着仅存的希望，卢仁峰和刚从冰箱里拿出来的断掌又被送到包钢医院。那位骨科专家答应给做手术，但术后效果他也不敢保证。也只能如此了，卢仁峰被推进了手术室。

手术做了一天一夜。手术台上的卢仁峰经历了人生最漫长的时间，一分一秒都走得那么缓慢。手术是半麻的，他看到医生围着他的胳膊忙碌，他听到手术刀、剪刀、托盘等手术器械的碰撞声，他盯着头顶无影的白炽灯光，在心里一万遍地默默祈求上苍还给他一只好手，他一定会好好珍惜这只手，疼爱这只手，将这只手发挥出最好的作用。他在半睡半醒间回想着自己 23 年的人生，尤其回想着拿起焊枪的每一个时刻，他的脑海里飞溅着缤纷的焊花，飞溅着大起大落的希望和失望，那未知的结果，让他犹如置身于火光通红的炼狱之中。

他被推出了手术室。医生说，断掌虽然是接住了，但限于技术原因，手术并不十分成功，后续还要进行多次手术，手部功能能否恢复还未可知。他的心在流泪、流血，残酷的现实让他精疲力竭，那一刻，他放弃了在黑暗的、无边的深海里挣扎。他想到了死，他不要再经历炼狱般的手术的痛苦，他也不要做个没有手的残疾人。

父亲陪着他，几天几夜都不曾合眼。

母亲抱着四个多月的女儿来看他：“我儿呀，你看看小娃娃，你可不能想不开。”

妻子什么也不说，不时地给他掖被子、一遍遍擦去他脸上横流的泪水，知夫莫若妻，她知道此时跟他说什么也没用，必须等他自己思想转变。

他哽咽着对妻子说：“我说过要用双手给你幸福，现在我一只手没了，我成了残疾人，我不能让你跟着我受苦，咱俩离婚吧。”

妻子说：“你说的什么话，不能同甘共苦还叫什么夫妻，你得振作起来，你还有右手，还有我，还有咱闺女，还有父母亲人，还有关心你的一机厂组织。”

他把头埋在被子里，放声恸哭。他才 23 岁，他和那个时代的所有年轻人一样，追求完美、热爱时尚。除了工作服之外，他还喜欢穿喇叭裤、牛仔裤、花衬衫，还喜欢头发烫成自来卷，他喜欢骑着一辆二手摩托车在空旷的街道上兜风。他也喜欢模仿港台电影里的古惑仔，拎着一台小录音机，边走边哼着流行歌曲。他觉得这样的他是那样的帅，那样的酷。但他更喜欢在车间里拿起焊枪，焊花飞溅的时刻，这又让他觉得自己的人生饱满而有意义，生命充满了昂扬向上的力量。而现在，看着这丑陋的、毫无知觉的、包在纱布里的残手，他觉得一切都离他而去了。

领导、同事、朋友都来劝他："一只手你干不了电焊，还可以干别的啊。"领导向他保证，等他上班了给他换个

卢仁峰养伤期间和女儿合影

轻松点的岗位。他心里烦躁，他们说什么他都听不进去。

他就这样消沉了三个多月。有一天，妻子把他以前背的包给他带来了，里面装着他的笔记本和书。他打开那个小笔记本，本子的扉页上，是他工整的字迹：“我要做一名优秀的技术工人，做一名焊接王子。”他突然羞愧难当，这可是自己许下的诺言啊，而今自己却如此颓废，又如何做个信守承诺的人？笔记本中一页页电焊笔记，一个个数据，重新燃起了他对电焊事业的渴望：“我还有另一只手啊，谁说一只手就不能干电焊了？我偏要用一只手去焊出一番事业来！”

此念一出，他的悲观情绪一扫而空。他对妻子说：“你去把我所有的电焊书籍都拿到病房来，我要在病房里学习。”妻子多日来紧锁的眉头舒展了，他终于理解了她的良苦用心，她忙不迭地说：“我这就去给你拿。”

医生、护士走进病房后，都惊呆了，只见床上、柜子上到处堆满了书，他靠在病床上正在一页一页地翻看，还不时拿笔在本子上写写画画。护士严肃地说：“这是你疗伤的地方，不是给你学习的地方。”他恳求道：“让我看吧，我看了心情才会好，心情好了康复得也才快。”医生、护士多次劝说无果，也就由他去了。

而此时，他的断掌并不因为他惊人的毅力而出现好转，相反他的无名指、小拇指相继坏死、脱落，手部神经坏死，手掌接上去的那块肉也感染了。为了保住仅有的残掌，他前前后后做了八次手术，每一次都经历锥心刺骨的痛苦，以至于一听到“手术”二字，他就全身发抖，牙齿打战。

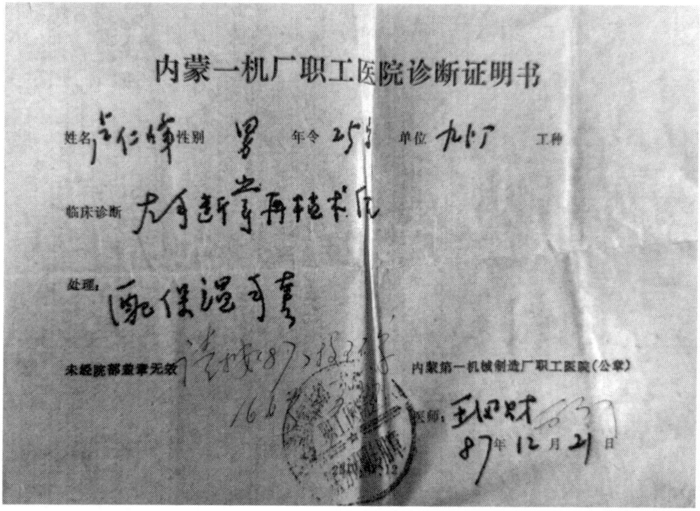
内蒙一机厂职工医院诊断证明书

姓名 卢仁峰　性别 男　年令 25岁　单位 九厂　工种

临床诊断 左手断掌再植术后

处理：

未经院部盖章无效　　内蒙第一机械制造厂职工医院（公章）

医师：

87年12月21日

卢仁峰诊断证明

这还不算，最痛苦的是他手上的皮肉不愈合，每天都散发出腐肉的阵阵恶臭，那个味道至今他一想起来还感到恶心。为了让手上长出新肉，医生在他的右侧肚子上从上往下剃下13厘米长的一条肉，下面连着不切断，把伤手包进去，再把这条肉缝合上，让肚子上的血肉把他手上的肉养活。那三个月里，他不能直立，也不能平躺，只能弯着腰在肚子里揣着手养着，困了在被子上靠着睡一小会儿。

人是活的，怎么可能永远一动不动呢？可是只要他稍微动弹一下，就疼得死去活来。医生只好给他每天注射一支杜冷丁缓解疼痛。但三个多月过去后，当手从肚子上抽回来时，他已经打杜冷丁上瘾，犹如吸毒的人一般，一天不打就暴跳如雷，摔盆打碗，痛不欲生。他又要经受戒药的痛苦。药瘾发作时，他就看书，将书上的话读出来、背出来。以前他的理论知识不够，现在他可以把《焊工工艺学》等书每一章每一节都倒背如流。以前弄不懂的问题，现在也都弄明白了。两个月后，他以惊人的毅力，成功戒掉了药瘾。

学习使他变得坚强，他以前那种乐观的精神又回来了，他甚至在病房里唱起了红歌……他不再有死的念头，每日都向来看望他的亲友和同事们分享他又学到了哪些知识，又想清楚了哪些以前让他纠结的疑难点。他在病床上默默温习着电焊技术中的每一个动作，每一项要领，期待着出院后能够用一只手去拿起焊枪，去焊出更加精彩的电焊工艺的世界。

第五章 带伤第一次参加比赛

时间对许多人来说总是匆匆，太匆匆，如白驹过隙，是努力遮挽的时光。但是时间对于在医院养伤的卢仁峰来说，实在是太过缓慢了。饱受苦痛折磨的他，像在漫无边际的黑暗苦海里泅渡，他的时间不是以天计算的，而是以分、以秒来计算，每一分、每一秒都是那样漫长。举头无涯，他不敢想象，如果没有可以学习的电焊知识，他精疲力竭的肉体以及他苦苦支撑的精神意识，是不是早已经随波逐流，彻底放弃了自己？在他生命里的至暗时刻，电焊知识化为一张船帆、一只舟楫、一盏明灯，托举着他，助力着他，指引着他，让他奋力搏击，一天天靠近光明、驶向健康的彼岸。

9 个多月过去了，卢仁峰的伤口已经有了明显好转。伤口处除了还有两个小眼在往外流脓外，其他部分已经愈合，不再发出令人作呕的腐肉味。他左手的无名指、小拇指已经坏死、脱落，剩下的大拇指、食指、中指虽然保留下来，但手指功能完全没有了，冰凉、软塌，像三根橡胶棒，要不是有血液供养着，也早就坏死了。手指的抓握、屈伸都做不到，唯有下半截手掌还有些知觉。卢仁峰接受了现实，以当时的医疗技术水平来说，这已经是最好的结果了。

一天，单位里的工会主席闫通来医院里看望卢仁峰，他四十多岁，是一个健谈而诙谐的人。闫通坐在卢仁峰床边，愉快地说着车间里的大小事情，说着项目的完成进度，无意间说起包头市第二届职工技术大赛正在报名，他感慨地说道："要是你小子不受伤，肯定就推荐你去参加比赛了。"

靠在病床上的他的神经像被灼了一下，立即不假思索地说："啊，那让我去吧。"

闫通看着他那热切的眼神，说：“别开玩笑了，你正在养伤呢，哪能行？”

“我觉得没问题，你看，我右手一点没问题。”他举起右手，又指着床上、柜子上堆满的书报杂志，“我看了这么久的理论书，也是该检验一下的时候了。”

“你呀，别点炮就响，你先考虑考虑，也跟家人商量商量，最好也征求下医生的意见。”

送走了闫通，卢仁峰陷入了激烈的思想斗争中，确实，他不能点炮就响，这不是他一个人的事情，比赛还代表了他们动能处，代表了一机厂，如果参加，这一只手能行吗，如果成绩拖了后腿，那不是给单位抹黑吗？不参加吧，又觉得这是考验自己单手焊接的机会，他学了这么久的理论，实际操作一次也还没有，他也不确定自己还能不能回到电焊岗位上，他想借此机会给自己，也给大家一个证明。

他整整思考了两天，翻来覆去，最后还是决定参加。

他跟父母一说，父母都反对：“你手还没好，坚决不行。”

他跟妻子一说，妻子不说支持也不说反对。

他追着问她：“你倒是说话呀，到底行不行？”

妻子笑了："我说不行能行啊，就你那性格，你想报就报吧。"

他跟医生一说，医生急了："你手刚好一点，但也还没完全愈合呢，你要是参赛使它受到感染，就会有骨髓炎和骨头坏死的危险。"

"后果我都想到了，责任我自己负。"

"你负得起吗，这不只是你一个人的事情，还是医院里所有医护人员的全部努力，你的固执会让所有治疗前功尽弃。"

他微笑着表示服从，但心里早已拿定了主意。

第三天，他偷偷拨通了闫通的电话："闫主席，我想好了，我要报名。"

"哈哈哈，好小子，我就猜到你会报的，名额我给你留出来了。"

"我很久不练了，我想在比赛前到工厂去进行实际操作练习，你看可以吗？"

"没问题的，你随时回来练。"电话那边传来闫通爽朗的笑声，能想象得到笑纹像声波一样在他脸上扩散着。

这笑声，温暖而宽心，卢仁峰的心里升起巨大的暖流：个人的成长离不开工厂的支持，无论什么时候，工厂都是个人坚强的后盾。他一定要在电焊事业中更加精进，将自己的全部技术都奉献给工厂！

医生早晨刚查完房，卢仁峰就悄悄溜出了病房。董焕先把家里的自行车给他送来了。他骑上自行车，左手挎着绷带，右手扶着车把，跨在自行车上骑走了。从医院到工厂40多分钟的路程，他一路蹬一路唱起了歌，歌声从小到大，到最后放声歌唱。此刻，他感到自己摆脱了桎梏，像风一样自由，他年轻的胸腔里，跳动着即将工作的烈火一般炙热、滚烫的心。

当卢仁峰出现在同事们面前时，大家都大为吃惊，一起围上来：“啊，小卢匠，你怎么来了？你的手好了吗？”“小卢匠”是同事们对他的称呼，比叫他“副班长”更让他感到亲切。

“嘿嘿，好了，我这不是来练练吗，好久不拿焊枪了。”

“好好，你练你练，需要帮忙你就说一声。”同事们都很热情。

他不想让大家帮忙，未来的路还很长，他必须适应一只手工作。

还是在他那间小屋里，他受伤前用过的电焊机、焊条、边角材料都还在，他的工具箱也还在，工具箱上贴着的他以前给自己订的学习表还在，上面的字迹变浅了，蒙着淡淡的灰尘，证明着这段流逝的时间。一切仿佛都在静静等待主人的归来。他慢慢打扫着屋里的灰尘，准备着用一只手燃起焊花飞溅的时刻。

他曾预想过太多的困难，但实际操作下来，难度比预想更甚。先别说焊出来的质量有多好，就是要完整地焊下来都很难。最难以解决的是材料的装配问题。装配是将组成结构的零件、毛坯以正确的相互位置加以固定，组成组件、部件或结构的过程。装配是一道繁重的工序，占结构全部加工工作量的25%—35%。装配质量不佳，就不可能获得优质的产品。装配中的关键步骤比如定位、夹紧、测量，都需要两只手的互相配合才能完成，他无法用一只手来完成材料装配，焊接也就无法进行。

几番操作都不成，他懊恼地把焊枪一扔，蹲在地上双臂抱头，心烦、沮丧，往日看着亲切的材料，如今却摆布不了，东一块西一块躺在地上，仿佛在嘲笑他的无能为力。难道我真的拿你们没办法了吗？难道我真的要永远地放弃焊枪了吗？不，我卢仁峰怎么能做我最爱的电焊事业的手下败将！俗话说："只要思想不滑坡，办法总比困难多。"我得想办法。

卢仁峰索性坐在地上开始了思考：左手手指不能用，但手掌还能扶，可以让这半截手掌发挥作用。能不能做个特制手套，既能对手掌进行保护，又能使上一些力气？此念一出，他立即去向岳母求助。岳母是个巧手裁缝，无论什么活儿只要她看一眼就没有不会做的。

卢仁峰说出了自己的设想后，岳母当即就开始了制作。她找来厂里发的电焊手套，这种手套是皮质的，能够隔热、耐磨，能阻挡金属熔渣飞溅、阻挡辐射，同时还绝缘、抗磨、抗切割及抗刺穿。这种手套都有五根手指，这反而成了卢仁峰干活时的累赘。岳母把一只手套拆了，把五根手指剪断，整个缝成一只马蹄状。卢仁峰戴上方便多了，但手套太大，萎缩的手掌在里面晃荡，使不上劲。岳母又拆了几副手套加进去，加一层试试不行，就再加一层，一直加到四五层。岳母又改进了材料，把最外面的做成耐磨层，中间做成隔热层，最里面的做成纯棉亲肤层。经过多次改进做好的手套，卢仁峰戴上后既舒适又能够凭借手套的力量，让残缺的左手发挥一点辅助作用。

怎么拿焊帽也是一个问题。焊帽是为了防止焊接时产生的飞溅、弧光及其他辐射，对焊工面部及颈部造成损伤的一种遮蔽工具，一般由合成塑料制成。眼部镶嵌焊帽镜片，镜片由玻璃材料或者树脂材料制成。焊帽是工作时必不可少的工具。那时的焊帽都是手执的，工人焊接时左手拿焊帽，右手拿焊枪。他的焊帽该怎么拿？他思考再三，手拿不了，用牙齿咬住行不行？可焊帽内里是光滑的，怎么咬呢？有了，在焊帽内里加一个“咬头”不就行了。于是他找了一根铁丝，弯成U形，焊到焊帽里与嘴相对的位置。戴上一试，果真行，但牙齿咬着铁丝很难受，他又在铁丝上裹了一层胶皮套，这下好多了。

为了解决最关键的材料装配问题，他绞尽脑汁，反复试验，接连设计出11种小夹具。有的夹具像楔子，有的夹具像曲别针，工作时他把这些小夹具夹在材料上、套在手套上，通过这些小夹具去进行清理、装配，弥补单手的不足。

他投入练习中，刚开始，一切都还不习惯，定位、尺寸都不达标。他本来就脾气急，一急就满脑袋汗，一急就忘记了左手是受伤的。他左手使劲砸在铁具上，疼痛从手掌传到全身，那是一种锥心刺骨的疼。他咬紧牙关，任凭眼泪哗哗往下淌。断掌处又开始红肿化脓了，他瞒着家人和医生偷偷抹了些消炎药膏对付一下。等疼痛过去，再接着练。

那张蒙尘的旧学习表中，写着他过去练习的标准，每天练30根焊条。现在，他把学习表换成了新的，数量在原来的基础上增加了20根，他每天至少要焊50根焊条。焊花把他的衣服烫得都是窟窿眼儿，还有浓重的焦煳味。他穿着这件破烂的衣服在车间里、在工厂里出入，简直像个乞丐，很多人都以异样的眼光看着他，有敬佩，有同情，有怜悯，甚至还有嘲笑。有人背后议论他：“这人真是‘弦儿’，该不是练魔怔了吧？”“弦儿”是当地俗语，形容人傻，脑子缺弦。他也知道别人在对他指指点点，但他不在乎。

可是，医生那里他没法交代了，他每天早晨在医生查完房后溜出来，晚上再蹬着自行车回到医院，没两天就被医生发现了。每次医生都严厉地批评他。他都笑着说：“好好，我知道了。”第二天他又跑了出去。如此几次，为了不让医生总是生气，他干脆办了出院手续。

他家也不回，直接搬进了车间。他在练习的那间小屋里用厂里包装机器的废木板子搭起一张小床，让妻子从家里拿来被褥和生活用品，就这样吃住在车间里了。妻子负责给他送饭，照顾他的生活。焊累的时候他就看书，看书累了他就接着焊。一天就这样不停地学，不停地焊，他逐渐找回了感觉，焊出的质量又回到受伤前的水平了。

就这样练了一个多月，他要上考场了。

那天，天气晴朗，昨夜的风吹开了多日来天空的阴霾，大青山的轮廓在玻璃一样透亮的空气中格外清晰，甚至能看到山顶上树的影子。卢仁峰在妻子的陪同下，从一机厂向着考试地点，包头市二冶锅炉厂出发了。夫妻两人各骑一辆自行车，卢仁峰的自行车把上挂着一只大工具包，里面装着他的特制手套、小夹具们。

半个小时后，他们进入二冶锅炉厂的一个大厂房里面。厂房里场地很大，用隔板隔出一个个空间，每个空间里是一名焊工的工位，外面拉起长线，线外的人可以看到里面每一个人的比赛实况。

八点半，开始抽签实际操作项目，每人四项，卢仁峰抽到了板与板对接焊、管与管对接焊、管与板对接焊、小管对接焊，这四项难度都比较高。

妻子鼓励他：“没事，你就焊吧，成绩不重要。”

“是，我正常发挥就好了。”卢仁峰的心里多少还是有些没底。

九点钟开考，先考理论题，再考实操题，考试结束时间是十一点五十分。考试成绩理论分占总分的 20%，实操分占总分的 80%，两者相加为最终得分。

卢仁峰镇定地答完理论题，进入实操题。

他先焊板与板对接焊。这是两块 300mm × 125mm 的钢板，卢仁峰在特制手套和小夹具的配合下，装配好对接接头，并将焊件在距离地面 800mm 处仰位固定。之所以先焊它，是因为板与板焊后需要降温，要控制好它的温度，才能保证反变型、焊道成型，力学性能不受影响。在等温度降下来的同时，再去焊别的，以便做好时间统筹。

他将焊接电流调为 90—140A，电弧电压调为 17—21V，调电流对于获得良好的焊接内在质量和美观的焊缝成形至关重要。按考试要求，他要用仰焊中的单面焊双面成型法。仰焊是各种焊接中操作难度最大的。由于熔池倒悬在焊件下面，熔池金属和熔滴会受重力作用而下坠，同时熔滴自身的重力不利于熔滴过渡。并且熔池温度越高，表面张力越小，仰焊时焊缝背面易产生凹陷，正面易出现焊瘤，焊缝成形较为困难。这些问题卢仁峰在平时练习中都已不是问题。只见他钻进架子下，身体半蹲，保持双腿稳定，老祖宗讲的“行如风，站如松，坐如钟，卧如弓”也正是一名焊工的基本功。焊接时，一旦身体晃动松弛，就会导致运条不均匀、不稳定，直接影响焊接质量。

他的两个前门牙，紧紧咬着焊帽里的铁丝，右手反握焊枪，双眼仰视着焊接部位。焊枪轻触，引弧（在焊接中，使焊接材料引燃电弧的过程），弧光闪烁，焊花飞溅，落点稳、准，他手腕微微用力做点划动作。焊帽下他一双不大的眼睛，两只瞳孔像两潭黑色的潭水，发出幽深的亮光。弧光崩闪，他平稳住呼吸，不让内心产生一丝紧张的情绪，紧张则僵硬，僵硬则动作机械而抖动大，极易产生“粘住”和“拉熄”现象。焊花纷纷垂落到焊帽上，眨眼是人最正常不过的生理反应，但他必须要突破这生理极限，自始至终，眼睛一眨都不能眨。他以快慢适中的速度，使焊枪的运动轨迹逐渐达到近似垂直的效果。

一条漂亮的鱼鳞状焊缝呈现出来，他屏息收弧（焊接停止后，电弧灭掉的过程），常用的收弧方法有反复断弧收尾法、画圈收尾法、回焊收尾法和转移收尾法。他选择用回焊收尾法，在焊条移至焊缝终点时即停住，改变焊条角度，根据结尾处温度的高低回焊 20mm。收弧成功，卢仁峰长出一口气，经验告诉他，这是一件没有瑕疵的焊品，焊缝饱满，无裂纹、气孔及夹渣等缺陷。

紧接着就是焊大管，要把两根直径 133mm 的圆管对接焊到一起，他采用全位置焊接。全位置焊接包括平焊、向下立焊、仰焊和向上立焊。全位置焊除了装配的难度，还有控制变形的难度。他要预设防止变形的措施，提前装配上一定的小夹具。装配又耗去了他很长时间。

因为管子是圆的，所以焊枪、送丝角度要随时变化，手法一定要稳、准。焊接时，他采用小月牙形摆动，两侧稍作停留稳弧，中间速度稍快，上、下接头都要越过中心线 5—10mm。这是一种难度较高的焊接，易出现未焊透、焊缝氧化严重、夹渣、夹钨、内凹等问题。卢仁峰小心翼翼地摆动焊枪的幅度、频率、速度、停留时间，让每一个动作都协调一致。

场外的妻子眼睛一眨不眨地看着丈夫完成了第二件作品，以她的经验，她知道这件作品又成功了，焊缝的表面边缘熔合整齐、成形美观，一圈鱼鳞状的焊缝像给管子套上了一条金属项链，闪烁着金属受热后产生的五彩光泽，华丽、高贵，犹如一件熠熠生辉的工艺品！

卢仁峰又投入第三件焊接——管板对接焊，即将一根直径 60mm 的管子和一块 120mm × 120mm 的板子焊接在一起。管板 T 形接头、单边 V 形坡口、水平固定位置、单面焊双面成形，这是管板接头形式中难度最大的操作。它包含了平焊、立焊和仰焊三种操作技能。焊接时要处理好坡口与坡口间的合理间隙，间隙大了就烧穿了，间隙小了焊不透。此外在焊接过程中还要考虑热变形。卢仁峰分三层三道焊接，先焊打底焊，再焊充填层，最后焊盖面层，每层都分成两个半圈，先按顺时针方向焊前半周，后按逆时针方向焊后半周。这些焊接技术他已经练习过很多遍了，对他来说，难度依然是装配的难度，再就是清渣的难度。

卢仁峰（右二）受伤恢复后第一次参加比赛与参赛选手合影

层与层之间的清渣问题处理起来很难，清渣必须用扁铲来清理，正常情况下左手拿扁铲，右手拿手锤来清渣，卢仁峰只能拿自制的小工具来代替左手清理，这又耗去了他很长时间。

当卢仁峰要焊最后一件焊接——小管与小管对接焊时，他自己也知道，留给他的时间已经不够了。换作一般人，也许早就放弃比赛了，即使不放弃，时间的匆促也会影响焊工的心情，继而影响整个焊件质量。但卢仁峰并没有方寸大乱，他已顾不得左手的疼痛，加快了它的配合。刚才是直径 133mm 的大管对接焊，这个是直径 60mm 的小管对接焊。焊工老师傅中流传着句俗话：“不怕管子大，就怕管子小。”直径 60mm，相当于一只茶杯粗细，工艺难度相当大。

卢仁峰从小管下 45 度开始仰脸起弧。待熔池温度渐渐升高，他压低焊条，让焊条和母材保持在 1.5mm 以内，小步伐快速摆动，摆动的频率极其密集，犹如丝线的密密纺织，犹如炭笔的快速绘图，每一条线都干净、利落，假若用放大镜观看，可以看到线与线之间均匀的排列。而这一切，全靠肉眼的专注，靠千万次练习后手上的感觉。

时间在一分一秒地流逝。董焕先手心里攥出了汗水，她在替丈夫着急，她真想上去帮他一把，也真想上去给予他鼓励和安慰：你很棒，所有的人都看到了，即使输了比赛，也没什么遗憾的！

十一点五十分，比赛时间到。有的人提前完成了考试，有的人卡着点全部焊完，唯有卢仁峰的工位上，弧光还在激烈地闪亮着。他还剩下管与管的接头，还有最后一根焊条没焊呢。几乎所有的人的目光都看向他，这无形中成为一种巨大的心理压力。卢仁峰的心态却无与伦比地镇定，他把全部身心都放在焊件上，周围的一切都与他无关……

延迟 1 分钟、2 分钟……7 分钟，卢仁峰终于放下了焊枪，摘下了焊帽，将四件焊品摆放整齐，将现场收拾干净。董焕先看到，他牙齿长时间咬着焊帽，已经满嘴鲜血，他却浑然不觉……

评委根据宏观检测、无损检测和微观金相检测，为每一件焊品进行打分。宏观检测是观察焊缝的形态、尺寸、几何形状和缺陷情况，评估焊缝的质量，包括焊缝的美观性、连续性和均匀性；无损检测是用 X 光射线探伤，使焊缝中的影像显示在射线照相底片上，从而发现焊缝内部的气孔、夹渣、裂纹及未熔合、未焊透等缺陷；微观金相检测是将焊缝切下一块，以检验焊接接头的组织和缺陷。

比赛结果公布，57 名参赛选手中，卢仁峰是第 9 名。如果不是延迟了 7 分钟，他得前 3 名没问题。董焕先紧紧地捧起丈夫那伤残的左手，热泪盈眶……他是她心中的英雄，是真正的男人！

卢仁峰能取得这个成绩，已经非常不简单了，他可以向自己也向所有人证明，他还是能干电焊的。接下来他要更加刻苦练习，把这延迟的 7 分钟找回来，他相信自己一定能行！

但很不幸的是，果真被医生说中，他的左手因为过度使用和碰撞，患上了骨髓炎，手背上的一块骨头发黑、坏死。他又去山西省稷山县骨髓炎医院治疗了三个多月，把那块坏死的骨头通过手术取出来。这其中又是经历了常人难以忍受的病痛折磨。

如果不是参加这次比赛，他就不会得骨髓炎，不会再受这一茬痛苦。很多人都问过他：“你后悔吗？”

他每次都果断地回答：“不后悔。”

卢仁峰在左手被切断一年零四个月后，又重新回到了他热爱的电焊岗位上。

第六章 不可思议的顶压带水焊

卢仁峰重回一机厂上班，领导照顾他，给他安排了比较轻松的库管工作，被他好言推辞了。他要继续干他热爱的电焊工作。

他回到了自己的车间，还当副班长。虽然只有一只手，卢仁峰却从不给自己搞特殊，反而是什么急、难、险、重的活他都抢着干在前面。同事们在称他“小卢匠”之后，又喊他“小皮球”，意思是他整天快快乐乐的，让他干到哪就干到哪，像个皮球一样任谁指挥都行，从不挑肥拣瘦。他不在乎这个称呼是褒义还是贬义，只管干他的。工作使他快乐，使他充实，在经历了病痛的折磨后，他比谁都理解工作在生命中的意义。

他总是回忆起他参加包头市第二届职工技术大赛的情景。比赛中的每一个环节都历历在目，仿佛就是须臾间的事。他无数次在脑海里将自己重新置身于那场比赛中，他用伤残的左手配合着一个步骤、一个步骤地装配，他用右手握着焊枪一弧一弧地焊。他的每一个焊姿，每一次焊渣的清理，他在脑海中仔细过着每一个环节，以最科学、最严谨的标准检索着每一个环节用去的时间，一秒、一分，在他的想象中，他一次又一次焊着，一秒又一秒地将失去的时间赶回来。7 分钟，在时间的长河中只是短暂一瞬，但是对于一名焊工来说，7 分钟要挥动多少次焊枪，要完成多长的焊缝，只有他最清楚。他在这样的回忆里一次次拿起焊枪，在实际练习中，把那丢失的 7 分钟找回来。

不光是提高速度，他还要提高技术，厂里的老师傅们他都跟着学遍了，他又到外面去“学艺”。他“学艺”的过程也是“偷艺”的过程。轮到他白班倒休的时候，他不回家休息，而是骑上自行车，满包头市地跑着去“偷艺”。他跑到包头钢铁厂，跑到包头二冶压力容器厂，跑到包头

202 厂，跑到包头东河锅炉厂。这些工厂都有高级焊接工程师，技术在当地乃至国内都是一流的，当面请教人家肯定不答应，只有去“偷学”。他装作找朋友混进工厂，人家干活他就站在一边看，看焊工的技术，看结构的装配。人家也不知道他是干什么的，也不好意思赶他。当时这些工厂有很多大型结构件装配，这可是装配中的“绝活儿”。

卢仁峰处理大型水压机漏水问题

他一站就是几个小时，把装配从头看到尾，把电焊也从头看到尾。他从中发现了太多自己以前不知道的知识技能，并默默记在心里，回到厂里如数操作练习。

就这样勤学苦练了三年，卢仁峰的焊接技术大为精进。

厂里的技术考试，他每回都考第一。电焊中的24个项目，他样样合格，拿了个大满贯。工会主席还特意给他发了一个巴掌大的小证书，他非常开心，全厂就他一个获得

卢仁峰进行焊接实验

满贯的。

他的两个妹妹、两个弟弟都说：“你看二哥一只手都能干出这样的成绩。我们好手好脚的更应该学，我们学了也不会差。”妹妹和弟弟也都开始跟着他学焊工了，连妹夫、弟媳也都成了焊工。除了哥哥是模具钳工外，家里出了8名电焊工。他们家成了地地道道的“焊工之家”。

一到逢年过节，这一家人别提多有意思了，坐一桌吃饭，你一言我一语，说的都是装配、焊接。一家人各有所长，老五的埋弧焊是一绝，老六的氩弧汽保焊是一绝，卢仁峰是全活儿，几个人切磋起焊技来谁也不服谁，筷子当焊条比画来比画去，争得面红耳赤。最后还得老父亲打圆场：“要我说啊，你们都得听你二哥的，可是他把你们带起来的。”

老五和老六是双胞胎，说话也总是出奇的一致。他们异口同声地反驳道：“这叫青出于蓝而胜于蓝。”

母亲笑得脸上成了一朵花：“好好，我的孩子们都是青出于蓝而胜于蓝，个个都成才，我和你爸还有什么不高兴的啊，我们做梦都要笑醒了。”

母亲的话绝非夸张。那时候包头市的焊工比赛，前六名基本都是卢仁峰家人，要不就是他的徒弟。“卢家军”闻名遐迩，以至于再有比赛许多人连名都不敢报了，说报名没用，都比不过卢家人。

很多年轻人慕名来找卢仁峰拜师学艺，但也有人认为他只是被吹捧出来的“神话”，直到他做了一件事，所有人都对他彻底心服口服。

那是2003年的一天，卢仁峰刚一上班，他的一名徒弟就跑来跟他说：“师父，咱厂里又得停产了，唉，真是的。”

“怎么回事？”卢仁峰关切地问。

“大型水压机的高压管道又漏水了，这三天两头地漏，三天两头地停产，得给厂里和国家造成多大的损失啊，真是的。”徒弟愤愤不平地唠叨着。

卢仁峰皱起眉头，没有吭声。

厂里谁都知道大型水压机的重要性。自从1893年世界第一台万吨级自由锻造水压机在美国建成以来，万吨级水压机作为大型高强度零件锻造核心装备的地位一直没有动摇过。没有它，飞机、轮船、坦克、核电站等需要的“大”和“特”的部件都生产不出来，它成为发展航空、船舶、重型机械、军工制造等产业的关键设备，有人把大型水压机称为现代工业制造的“母机”，也成为一个国家工业实力的象征。

新中国成立初始，我们国家还不具备生产、制造大型水压机的能力。在 1953—1957 年我国的“一五”计划期间，苏联援建我国的“156 项工程”中，所使用的大型水压机均从苏联和东欧进口。一机厂的大型水压机就是从苏联进口的，当时苏联派专家到一机厂进行安装和技术指导。1958 年中苏交恶，苏联撤走了在华的 1390 名苏联专家，与他们一起离开的还有各种援建我国的设计图纸、关键设备与零件，导致他们援建我们的 300 多个项目中有 155 个“烂尾”。而且因为我们没有相关的技术和设备，这 155 个援建项目无法继续推进，最后几乎全部报废。非但如此，苏联还向中国索要 86 亿人民币的巨额赔偿，逼迫中国在 3 个月内清偿贸易欠款。就这样，全中国开启了“勒紧裤腰带还债”的苦日子……

落后就要挨打，落后就要让人民饱受屈辱和磨难，那是一段不堪回首的日子，全中国人民永远不会忘记。

1958 年 5 月，中央决定在嫩江边上一处名叫富拉尔基的小镇上，由中国一重的前身富拉尔基重型机器厂为主导，研制我们中国自己的万吨水压机。经过一年多的努力，设计师们绘制了上千张图纸，终于设计完成了

12500吨水压机的工程图。相比于前期设计，实际制造更加困难。专家组克服重重困难，1960年，12500吨水压机研制成功。1963年12月，12500吨水压机迎来试车。1964年第四季度，12500吨水压机正式投产。重达200多吨的钢锭，从加热炉中运过来，水压机衡梁迅速落下，炽红的大钢锭，像面团一样被揉来揉去，金花四溅，那些大钢锭很快变成了一根长长的大轴……万吨水压机的建成，让中国真正有了跻身世界顶尖制造大国的可能。

一机厂里苏联制造的大型水压机一直使用到现在，但从1990年以来，地面下埋着的给大型水压机供水的高压管道开始频频出现跑冒滴漏的现象。高压管道的功用是输送水能，相当于水压机的“动脉血管”。一机厂的水压机负责着无数军品零件的制作、冲压、校正工作。“动脉血管”出现了问题，水压机就无法运行，厂里就得停产检修。可这里刚焊好，过几天那里又出现了跑漏，不得已就得再停产。反复停产，给工厂造成了巨大的经济损失。而且这个问题随着时间的推移，坏的频次越来越高，成了令一机厂最头疼的问题。更换成国产设备也不是不可以，但这又是一笔超出承受范围的巨大投入。

卢仁峰独自来到开裂的高压管道旁。一群人正围在那里束手无策，地沟里压力太大了，谁都不敢贸然进去。卢仁峰轻声说："让我看看。"

人们给他闪出一条通道，卢仁峰望着设备下面两米多宽、两米多深的地沟，里面黑洞洞的，糊满了厚腻的油垢和污垢，两根粗大的管子并排在地沟里，一根是进水管，一根是回水管。两根水管形成一个回路，再回到泵站。在进水管上出现了几处漏缝，漏缝喷出利剑般十几米高的水柱，无人敢接近。

卢仁峰指挥大家去排气、通气，地沟常年密封，汇聚着高浓度的有毒气体，必须先将毒气排出人才能下去。有工人下了梯子，卢仁峰踩着梯子下到地沟里，一股刺鼻的恶臭袭来，差点让他窒息。而他的头上、身上，瞬间就被污黑脏臭的油垢和污垢弄得没了模样。

卢仁峰顾不得这些，他仔细检查着高压管道。管道上裂开了一道 200 多毫米的口子，旁边还有几处小孔在往外呲水。他下意识地把右手食指伸到一处小孔的水下，想通过触碰看看管道是腐蚀透了还是开裂了，却忽略了这可不是一般的水柱啊，水的压力达到 200 多公斤 25 兆帕，别说肉体，就是钢板也得被打个洞。水柱像毒针一样从他的食指指肚间刺穿而过。

随着“哎呀”一声，管道车间的主任孟荣建手疾眼快，赶紧把他从地沟里拉了上来。孟荣建和他是衡水老乡。孟荣建大高个子，浓眉大眼，幽默开朗，说话嗓门也大，他责怪道：“叫你别摸，你偏不听话。”说着就抓起他的手指使劲给他往外挤血。水里放了一种药，是防凝固、防水垢的，有毒，不挤出来手指会烂掉。孟荣建给他挤了好一会儿，黑血变成了红血才给他包扎上。这导致以后他的右手食指变形了，但那时这点伤他根本没放在心上，一门心思都在想着怎么解决漏水的问题。

处理好伤口，他就去找经理了：“经理，让我去管道那盯几天吧！看我能不能找出解决的办法。”

经理正巴不得呢！说：“好，你能主动请缨，是好同志，你要给解决了，咱厂里给你庆功！”

议论的声音立即就起来了。逞能、出风头、多管闲事、自找麻烦，各种词都有，妻子把传进耳朵的话说给他听，他一笑：“我干我的，管他呢。”

说完，他就去焊接实验室了。厂里的焊接实验室是一个专门科室，主要进行厂里产品的工艺流程及新开发产品的焊接试验。他先看了实验室的数据分析，然后说出了自己的设想：能不能在不停产的情况下顶压带水焊接。

实验室的一名工作人员一听就笑了，说："小卢匠，你这也太不切实际了。谁不知道水火不相容，更何况是在这么大的压力下去焊接，根本就不可能！"

另一名工作人员说："全中国都还没有顶压带水焊的，这根本就是焊界禁区。"

卢仁峰眼神明亮，他坚毅而自信地说："事在人为嘛！在不可能中创造可能，这才能体现出我们技术的进步，我也不敢保证我就一定能成功，但不去试试就永远没有可能。"

两个工作人员相视一笑，眼神里的意思不言而喻：这个"小卢匠"，也太自不量力了！

卢仁峰也不争辩。他返回车间，在车间里抻起一根胳膊粗的水管，在上面锯开一道缝，捅几个眼，再给水管加压。这是先拿水管做试验了。

试验开始当然是失败的，水流的冲击力将电弧浇灭了。即使调高电弧，高压又会将焊条的金属熔滴和熔池内的液态金属喷开吹跑，使电弧不能连续稳定地燃烧，形成焊接"过界"，即超过裂缝收缩部分进入高压喷出的介质流速区，造成突然灭弧。强电弧还会形成烧穿工件的弧坑，使泄漏突然扩大，形成猝不及防的灾难事件，造成无可挽回的巨大损失。

很多人在一边旁观，都替他摇头，心里暗说：“这次小卢匠没法收场了。”

连一向信任他的妻子也开始动摇了，安慰他：“焊不成也没什么，你别跟自己过不去。”

卢仁峰置之不理，此时他的身心早已把外界的一切都屏蔽了。外界的评价，外界的冷暖，都与他没有关系。他正沉浸在自己的焊接世界里，调动着所有学过的知识，所有练习过的经验，以及查阅的大量资料，都在大脑的熊熊熔炉里熔化、锤炼。他期待着电光石火的灵感迸发，以期突然抓住一种前所未有的焊接工艺。

他顾不得吃饭，顾不得休息，没日没夜地焊，不知焊坏了多少根水管。围观的人都散去了，仿佛那个失败的结果已经不言自明。卢仁峰像一位孤勇的地下隧道的探险者，在幽深的茫茫黑夜里艰辛地跋涉着。突然有一天，他发现了金属材料是有特性、有灵性的。它像一个调皮的孩童，总在跟人玩着捉迷藏，热胀冷缩是它惯用的“伎俩”，你一焊它就膨胀开了，你一停它就收回去了。他脑子里电光一闪，“调皮蛋”的“小尾巴”总算露出来了，这回看我不“制服”你。

卢仁峰向青年焊工传授带水带压焊接技术

他首先自制了焊条，即在常规焊条上刷上一层防水漆，既防水还得能燃烧。再就是解决水压，他巧妙利用金属材料的特性——应力的收缩，有效利用焊接热源，使焊缝金属产生的收缩变形，来实现带压力的在线焊接。

焊接工艺方面，他采用短段双向减应力焊接操作法。采用短段双向焊接，能使焊接电弧避开泄漏处的压力介质，电弧能够正常燃烧；短段可以减少热输入，短段还可以根据金属收缩的规律和焊接热循环的特点，利用焊缝及其热影响区收缩产生的应力，并在焊接应力的作用下，使双向焊缝局部收严。在整个焊接过程中，形成焊缝收严一段，焊接一段；焊接一段，再收严一段，反复收严和焊接，直至全部焊缝焊接完成。

试验成功了！

但这还只是在水管上操作，实际运用到高压管道上还要去攻克许多难题。

他把对付这些难题的法宝总结为：稳、准、狠。焊接时，焊工必须看懂、看清、看准，手、眼、心、脑必须全在位；一下就把它解决，稍微一拖延就废了，这也考验了焊工平时的基本功。

三天后，卢仁峰就去找经理了：“我可以在不停产的情况下带水焊。”

“啊，真能行？就三天，高压带水焊？你确定？”经理接连抛出了几个大大的问号。

“是的，我可以。”他坚定地说。

高压管道旁，所有人的目光都汇聚在卢仁峰身上，每个人的脸上表情莫测，有赞叹、有惊奇，更多的是怀疑和担忧，卢仁峰真能行吗？他不会在焊接中引发更大的泄漏或者爆炸事故吧？

卢仁峰开始起焊，弧光点亮了人们的眼睛。水与火的交融碰撞，发出巨大的“刺啦刺啦”声。弧光下的卢仁峰用牙齿咬着红色焊帽，右手抓着焊枪，在明明灭灭的弧光中，人们看不出他是怎么焊的，却能看到冲天的水柱在慢慢变小，变小，最后一个小口水柱收住了！猛烈的滋水声

卢仁峰“顶压焊”技能绝活现场演示

卢仁峰“顶压焊”技能绝活现场演示

也戛然而止！世界仿佛突然静止了。一刹那的寂静后，现场爆发出雷鸣般的掌声和欢呼声，卢仁峰高压带水焊真的成功了！

卢仁峰摘下焊帽，持着工具又移到另外两处出水口，还是同样的操作，他再一次将两处漏水处焊好了！

经理一把搂住他的肩膀，开心地说：“小卢匠，真有你的。你可给解决大问题了！这样吧，你先别在装配工序当副班长了，你来三分厂 301 车间干吧。”

就这样，卢仁峰带着他的徒弟们到了三分厂 301 车间。说来也奇怪，同样的焊接方法，他焊行，徒弟一试就不行。卢仁峰绝不是那种小气的人，自己有了本领就藏着掖着，他对徒弟无私地倾囊相授，把每一个细节都拆解了教，手把手地教。一段时间后，徒弟们也都学会了顶压带水焊。

师徒几人天天盯着这个设备，在它不停产的情况下，哪漏焊哪，把所有的跑冒滴漏，以及将要发生的跑冒滴漏都给牢牢焊住了。地下高压管道像个新管道一样固若金汤了。

卢仁峰解决了困扰了一机厂十几年的忧患问题，为厂里挽回的经济损失难以估算。他的老乡孟荣建逢人就说："值得我敬佩的人不多，卢仁峰算一个。"

虽然卢仁峰为人低调，但"一机厂有个单手焊工卢仁峰能够顶压带水焊"这个消息很快就让他在焊工界声名大噪。几家南方企业向他抛出了橄榄枝，要重金聘请他，工资是他在一机厂的十倍还多，甚至一些私营企业还向他许诺以股份。但是卢仁峰从来都没有心动过。是一机厂培养了他，他的根在一机厂，魂在一机厂，他的电焊技术永远不会离开一机厂，他决不会拿着绝技出去挣钱。他虽然清贫，但他淡泊名利，永远拥有一颗平常心，宠辱不惊，不因为旁人的非议而改变想法，也不在有了成绩后就沾沾自

卢仁峰“顶压焊”技能绝活现场演示

喜、居功自傲，他还是他的“小卢匠”“小皮球”，领导让干到哪就干到哪，从不向工厂提任何要求。他的技术和人品可堪敬也。

由于保密的原因，直到几年后，卢仁峰才把顶压带水焊写成论文《短段双向减应力焊接操作法》公开发表，获得兵器工业集团技能创新特等奖。这一创新成果还被广泛应用于轮式车辆壳体焊接、高压元件不停机“在线”裂纹修复等多种焊接中。产品质量稳定，令人拍手叫绝！

2007年，卢仁峰参加了中央电视台《状元360》节目录制。这是一档展示“三百六十行，行行出状元”的节目。通过各行各业技术能手、能工巧匠出神入化的工作技巧，让观众熟悉各个行业的绝活和绝技。卢仁峰在节目中展示了顶压带水焊。他的绝技让观众一片惊呼，他也成了这档节目中的劳动榜样。节目经中央电视台综合频道播出后，卢仁峰更是让全国人民对他的焊接技术竖起了大拇指！

第七章 攻坚克难『大型雷达结构件』

在浩瀚的大海上，一艘银灰色的大型驱逐舰在波涛起伏的海水中劈波斩浪。淡淡的海雾将高渺的天宇和遥远的海际连在一起，海天一色，形成一片无垠的深色的灰蓝，犹如宇宙中的奇异世界，空茫、幽远、深邃、神秘、迷离，难以用语言形容。在这样的时刻，那艘带着亚光的大型驱逐舰将海水劈开一道银花碎玉般的通道飞驰而来。它带着中国现代海军的强大力量，将人的神志从已经跌入的宇宙旋涡中拉回现实。这就是中国人民解放军海军装备的导弹驱逐舰啊!

舰身的轮廓越来越清晰，透过高倍望远镜能看到舰岛上旋转的大型雷达。一艘大型驱逐舰上往往有多个雷达，负责的功能不同，安装的位置和旋转的轨迹也不相同。但是有一款巨大网格状的银色铝合金雷达，在海风和海雾中缓缓旋转着，仿佛在包罗万象，仿佛在将每一个网格化为一双炬眼，目光炯炯地探视着万里海疆任何微小的敌情。这款网格状的铝合金雷达，是卢仁峰带着他的团队焊制的!

卢仁峰的脑海里总是闪现着以上这一幕。他也总是情不自禁地昂起头颅，嘴角上扬，一颗心也跟着欢快地跳跃起来。

从 1971 年 12 月中国研制的第一艘 051 型导弹驱逐舰“济南舰”(舷号 105) 服役以来，中国的导弹驱逐舰发展就驶入了快车道。我们先后有了 052 型、051B 型、051C 型、052C 型、052D 型、055 型等领先世界水平的现代化大型导弹驱逐舰。我国的导弹驱逐舰发展到今天，融合了最新的军事科技成果，展现出强大的作战能力和综合实力，突显出我国在复杂多变的海洋环境中维护国家利益的坚定决心。其先进的雷达系统、导弹武器和防空系统，使得导弹驱逐舰在远洋作战中占据着举足轻重的地位。

以我国第一款万吨级驱逐舰055大驱为例，它是我国完全自主研制的新型万吨级驱逐舰，舰载使用的超级雷达装备，探测范围能达到上限3500公里，精准打击范围能覆盖到1000公里。无论敌人发射导弹袭击还是派出飞行器舰载机等，都能在我国的舰载雷达前无处遁形，而且这种雷达敏锐程度非常高，就连敌人具有隐身能力的舰载机都能够识别，让敌人在还没有发动攻击前，就已经被我国提前发现，能使我军抢在敌人前面发动攻击，抢夺战场的决胜先机。雷达之于驱逐舰，是“眼睛”和“大脑”，先进的雷达设备为组织指挥防空反导作战提供了更敏锐的“视力”和更聪明的“脑力”。

卢仁峰怎能不为自己参与建设了我国强大的蓝水海军而感到骄傲和自豪呢！

2008年，卢仁峰获得了第9届中华技能大奖，而且他还是全国技术能手中唯一焊接界的“中华技能大奖”获奖者。一时各种宣传报道铺天盖地，而卢仁峰却为人行事低调，一如既往地在工厂默默工作着。他不知道，他已经进入了某海军研究所的视野，他们对他的焊接技术和焊接创新能力都进行了了解。在2009年的一天，该所派了几个谈合作项目的代表来到一机厂。他们是专门奔着卢仁峰而来的。

他们在参观了卢仁峰的车间，看了他焊接的成品后，更坚定了选他的想法。他们找到了一机三分厂时任厂长王永乐，说明了来意：在他们制作的大型导弹驱逐舰上，有一款雷达结构件需要焊接制作，问他们厂的卢仁峰能不能

1995 年卢仁峰（右一）参加兵器工业集团首届青工技术大赛合影留念

焊。如果能焊，以后他们的这种雷达结构件就全在一机焊了。这可是个大订单，如果能接成，厂里还愁没活干吗？王永乐当即就把卢仁峰叫来了。

他们向卢仁峰介绍了自己带来的材料：这是一种高强、高硬度的特殊铝合金材料。这种材料能够承受比台风、海啸更大力量的冲击，还具有优异的耐腐蚀性能，能够抵御

2003 年卢仁峰（右五）参加首届中国兵器工业集团职业技能大赛合影留念

来自海水、海风、海雾里的水分、盐分等外界因素对装备的侵蚀，是我国雷达装备的最新突破。但也实话实说，这种材料的焊接难度很大，他们走遍了全国，还没有一个人、一家企业能够焊成。

卢仁峰拿起一块样料仔细观看，又看着断口处的金属层，再看看设计复杂的图纸。图纸是一个有雷达底座的天线背架，背架长 7 米，高 1.2 米，结构为板材与型材交错焊接的一个网格状的弱钢性结构件。网格大小不一，框架和底座内部还走着复杂的油路和线路。最关键的是，它的精度要求非常高，误差率微乎其微。这种高科技产品，要焊接成功绝非易事。

卢仁峰坦率地说：“这不光是焊接难度大的问题，而是材料能否找到可焊性的问题。还有它的焊接变形很难控制。再就是它的结构复杂，每一根框架上的系数各不相同，所有的技术、数据，都要准确地去掌握，要精准地生产出百分之百合格的产品，难上加难。”

那几个人笑了，说：“卢师傅，你不愧是行家，我们是慕名而来的，在看过您焊的产品后，觉得由您承担这项工作最合适。”

卢仁峰沉默了。他深知这种焊接比以往的任何一种都难，他是个实事求是的人，没把握的事情从不敢轻易应承。

王永乐就说：“老卢那你就试试吧。”

卢仁峰有些为难地说：“试试没问题，但这么大的结构件，试制也要找到合适的场地。目前我们焊接车间的场地根本不够，还有大量的材料、物力、人力，试制成本太高，动辄上百万元，如果失败，给厂里带来的损失就太大了。”

对方生怕他再拒绝，急切地说：“你看这样可以吗，损失由我们来承担一部分。”

王永乐是个办事雷厉风行、绝不拖泥带水的人，向来在重大事情的决策上都很有魄力，他不想轻易放弃这么大一个订单，更主要的是，他对卢仁峰充满信心，知道他是个勇于攻坚克难的人，交给他的事，他总会找到解决的办法。他说：“老卢，你就放心去试，厂里会大力支持你的。”

卢仁峰说：“那好吧，我只能说尽力，但不敢保证百分之百成功。”他心里确实没谱。

王永乐拍着他的肩膀：“老卢，需要厂里做什么，你拉出个单子来。”

卢仁峰说：“首先是场地保障的问题，这么大的件，需要用最大、最好的平台来保证工装的精度，在平台上测量出最准确的尺寸和数据，才能焊制出合格的产品。”

王永乐想了一下说：“你看302车间这块怎么样？我让他们腾出来给你用，你看够不够？”

卢仁峰笑了：“够了。”

他心里盘算的也正是这个地方。302车间是一个机器加工段，里面有500多平方米的空间，还恰好有个空场，放个大平台最合适不过了。

卢仁峰把厂里的技术人员都叫来，在一起商量焊接方案。大家你一言我一语，商量来商量去，都觉得几乎没有焊成的可能。卢仁峰说：“现在说丧气话没用，既然领导都定了，再硬的骨头我们也得啃。”他说了自己的方案，大家都没意见。没意见就是最大的意见，谁让他接这个活儿呢，看他本事吧。

卢仁峰把徒弟们都叫来，这活儿以他为主，徒弟们给他打下手。

卢仁峰一头扎了进去，焊接材料的化学成分、冶金机理、机械性能、热物理性能，焊接工艺中的焊接电流、焊接电压、焊接速度、焊接时间、焊接温度、焊接应力、焊接压力、保护气体流量、焊丝直径、焊缝宽度、焊缝高

大型雷达结构件产品

度、焊缝熔深、应力系数、力学性能……每一项中都有无数个小步骤。每一个步骤都要经过上百次试验，加起来的实验次数不计其数，他将每一次试验数据都详细地记录下来，再去进行对比、求证，直至找到那个最科学的数据。他一双眼睛熬得通红，通宵达旦地干，沉浸在反复钻研中……

终于，他从那诡谲多变的数据里找到了可焊的答案，但是如何解决焊接变形又是一个更大的问题。按传统的控制变形的方法完全行不通，以前那些工装、钢性固定、反变形操作法，现在通通不管用。因为材料的特性不一样，特别是膨胀系数、应力系数、导热系数等都是不一样的。

查阅资料，反复试验，苦思冥想……他像是西方神话里推着巨石上山的西西弗斯。巨石沉重，山坡陡峭，石头每被推到山顶，旋即又滚落下来……但他毫不气馁，日复一日，不懈坚持，直到有一天，他终于计算出了焊接过程中控制热变形收缩的数据，找到了控制变形的方法，谁说不是“苦心人，天不负”呢？

他带着徒弟们开始正式焊接第一台雷达结构件了。每一步他都考虑到了，每一步他都严格地按照数据小心翼翼地去操作。焊接完成了，外观形状没什么问题，一测量，却傻眼了，明明都是按图纸来的，焊接出来却变了形，每个框架的尺寸都跟设计图纸、设计要求相去甚远。焊出来的是个不合格产品！

海军某所的人看了，无奈地说：“卢师傅，这不行啊。”他们本来希望满满，谁知竟是这样的结果，他们也感到纠结、惋惜，忍不住一再摇头叹气。

工友们都泄了气。抱怨的、埋怨的，当初就不该接这个活儿，浪费了这么多人力、物力，给厂里造成了几十万元的损失，面子上也不好看啊！谁愿意承认自己是个失败者呢？

王永乐来安慰他：“老卢你已经尽力了，咱焊不成也不丢人，不行就让他们找别人焊吧。”

卢仁峰说：“我们也不算完全失败，起码已经解决了焊接中的一些问题。如果我们就此放弃，那我们就真的失败了，损失也就永远挽回不了了。”

一旁的技术经理欧阳育红说：“你的意思是怎么办？”

欧阳育红比卢仁峰小两岁，平时见了卢仁峰就笑，此时却眉头拧成了个疙瘩。

卢仁峰说：“从哪里跌倒就从哪里站起来，在第一次失败的基础上，咱们再焊一次。”

王永乐和欧阳育红目光对视了一下，转向卢仁峰问道：“第二次你有把握吗？”

这次卢仁峰没有犹豫，他用非常肯定的语气说：“没问题。”

“好，那我就信你，说说你的方案吧。”王永乐目光盯在卢仁峰脸上，仿佛要在他脸上找到答案。

卢仁峰获得『第六届全国技术能手』留念

卢仁峰说：“失败的原因，是咱们对这种高强、高硬度的铝合金材料还不熟悉，干脆就把这个件报废，把它全部切成试件，切成一块一块，我们拿这些切块让每个焊工拿来练手，练多了也就掌握了。再就是人员的问题，我们的焊工水平参差不齐，焊出来的手法和质量也都不一样，不如从全厂焊工里挑出技术水平较高的，先进行集中培训，在培训中择优录取，组成一支精兵强将的团队。”

卢仁峰获得“第九届中华技能大奖”颁奖现场留影

仿佛一股清风吹开了满天的阴霾，阳光遽然落在王永乐的两颊，他兴奋地说：“这个办法好，就按老卢说的办。”

海军某所的代表也在听着他们对话，也觉得卢仁峰说得有道理；又见卢仁峰胸有成竹的样子，就答应让他们再试一次。他们自己心里也明白，再另找他人，时间上也耽误不起，还未必能成功。

董焕先却有些忧心忡忡。她心想：我家老卢把责任都扛自己身上了，这事要是焊成了，为厂里拉来无数订单，为厂里创了汇，当然是好事；但这事要是不成，责任就都是我家老卢一个人的，领导的失望，同事的埋怨，还有巨大的损失，老卢担得起吗？她把心里话跟卢仁峰一唠叨，他却把手一挥，大声说：“不想那么多，都想那么多谁都别干事了。”董焕先了解他的脾气，还说他干啥，他就一个字：犟！

卢仁峰让人把“废品”卸了，该切的切，该割的割，卸成 300 毫米长的一块一块的。他从对这种材料特性掌握较好的焊工中选出 20 多人，先对这 20 多人进行了为期半个月的培训，最后从中择优选了 9 人组成一个团队。这 9 人连装配带焊接，其他人都不让上了。卢仁峰把切开的材料分发给每个人，每个人都要熟练掌握材料的特性，以及焊接中的具体数据。

卢仁峰带着 9 个人练。他练一步，他们练一步。焊接的手法、控制的温度、所用的参数、焊接的时间，每一步都必须相同，细微到拿焊枪的动作和身体的姿势都得一致，以此保证焊出来的收缩量、热膨胀系数、应力收缩系

卢仁峰（右四）进行雷达结构件产品技术攻关

数、热变形等都相同，也才能保证它最后的整体尺寸。

团队里每个人都奋战在车间里，家也不回。董焕先把家里的液化气灶、锅、碗、瓢、勺、鸡蛋、挂面、香油等都运到了车间里，除了在食堂吃的正餐，干到半夜谁饿了就下个挂面，煮个鸡蛋，补充点能量，吃了继续干。实在困得不行了，地上铺着包设备的木板子，板子上堆着几条破棉被，就拉过被子一角倒地呼呼睡一会儿，醒来继续练。没有节假日和星期天，不分昼夜，一段时间后，每个人都对材料了如指掌，焊接起来也得心应手了。

第二件雷达结构件正式开焊了，他们完全按照试验过程中的数据进行装配、焊接。9个人的动作、步骤、方法整齐划一，如同阅兵式上军人的军姿，如同舞台上的舞曲，是那样整齐、熟练、无可挑剔。一个网格，又一个网格，一个接头，又一个接头，犹如窗格子一样的长方形大型框架焊起来了。这是多么匠心的设计，海风、海雾从“窗格”间穿过，可以减少阻力，减轻重量，对于底座的旋转机构和舰上的电力供应来说负担更小。框架分前后两片，中间被两排三角形竖梁支撑成一个尖顶，如房屋的屋顶般牢牢固定在长方形底座上，稳固、美观、精确，闪耀着铝合金纯洁、典雅、高贵的银光。

这次再一测量，没问题了。第二件雷达结构件完全符合图纸设计要求，各项数据和尺寸误差仅为0.1—0.2毫米，不但是合格品，还是优秀品！

海军某所代表大为惊喜，大为赞叹，他们向卢仁峰竖起大拇指：“卢师傅，你果然不负众望，带领着团队在短短四五个月内就攻克了特殊材料的焊接难题，而且还把活儿干得这样漂亮！”

“以后我们所有的雷达结构件都交给咱们一机厂生产。”领头的代表有力地握住卢仁峰的右手，传达着他的敬佩。

“那真是太好了，老卢，你首功一件啊！”王永乐脸上的笑容像开了花。

卢仁峰微微笑着，此时他话都不想说了。他太疲惫了，长时间用眼，他眼睛下面的眼袋不知从什么时候凸显了，像吊着两个鼓鼓的水袋，这使他看上去苍老了许多。现在，他紧绷的神经突然松弛下来，他感到身体像面条一样软，此时他最想做的是赶紧回家昏天黑地地睡上一觉。

从那以后，一机厂就开始大量制作这种雷达结构件了，这成了他们厂里的一项重要生产项目，卢仁峰和徒弟们总有干不完的活儿，他们也为一机厂带来了巨大创收。

这是卢仁峰生产的第一代雷达结构件，后来他们的团队又为海军某所焊接了更为复杂的第二代、第三代、第四代雷达结构件产品，每一次都是攻坚克难的过程。

因为需要保密，14 年后的 2023 年，卢仁峰才将这个雷达结构件焊接方法撰写成论文《大型铝合金雷达 X 骨架制造》，获得全国总工会颁发的 2023 年国家创新成果二等奖。

在创新道路上，卢仁峰在不断地挖掘着中国人智慧的“宝藏”，创造着一个又一个创新的“神话”。

第八章 技能大师工作室：为国家培养人才

卢仁峰在实践中磨砺着自己，像一个登山者登顶一座又一座山峰。白驹过隙，他也从同事们口中的小卢，变成了老卢，变成了卢师父，变成了卢高技（高级技师）。岁月的痕迹不知从何时悄悄爬上他的额头、眼角。额头、眼角上有了浅淡的皱纹。眼袋和眼泡使他本来就不大的一双眼睛，被“挤”得更小了。这双眼睛在平时看上去平淡无奇，一旦遇到电焊，就会瞬间发出探射般的犀利光束。平常问题，他一眼就看个八九不离十，这是长期积累的经验，是书本上学不到的，他每每都无私地传授给徒弟们。

那时候工厂里的师徒关系就是一种“传帮带”，或者说就是一个团队，他是“队长”，带着“队员”们把厂里交给的每一项任务完成。师父带得怎么样，全靠师父的胸怀，有胸怀的师父全心全意地教，没胸怀的师父害怕“教会徒弟饿死师父”，总是“留一手”，尤其是绝技、狠活、自己攻下来的项目难题，绝对密不授人。人性使然，哪儿没有这样的师父呢？但卢仁峰从来不，他把自己刚攻克的最新技术，全都手把手地教给徒弟们，自己焊一步，让徒弟们跟着焊一步，直到完全学会。他更没有以“大拿”的身份向单位提出过任何“升职加薪”的要求。他的境界和胸怀是有目共睹的，很多人都以能跟着他学为荣，他的徒弟中不光有年轻人，还有跟他同龄，甚至比他年龄大的人。

工厂里的师徒关系是一种普遍的、自发的现象，有时也是一种工厂中的人际关系。师徒关系的核心是“传承”，师父向徒弟传承专业知识、技能、经验，也向徒弟传递做人、做事的道理，以及工厂的核心价值观、企业责任感和团队精神。对于顶尖级的技术人才，为他们带徒提供资金、场地、规章制度的保障，会最大限度地发挥他们的作用，为企业和国家培养更多的人才，也为“传承”赋予深刻的时代内涵。让顶尖级技术人才获得全社会的尊重，更

卢仁峰在工作现场

好地发挥他们的作用，建立以个人名字命名的“大师工作室”，是国家的创新之举。

2011 年底，国家首批以个人姓名命名的“卢仁峰技能大师工作室”落户一机集团，这是国家人力资源和社会保障部从历届“中华技能大奖”获奖者中选出的优秀中之优秀。首批命名 50 位技能大师工作室，卢仁峰是其中之一。

2013 年底，中华全国总工会又为卢仁峰成立了“劳模工匠创新工作室”。

2017 年底，中华全国总工会再次给卢仁峰挂了“全国示范性劳模和工匠人才创新工作室”的牌子。

三块牌子统称为“卢仁峰国家级技能大师工作室”。

也就是从工作室成立时起，卢仁峰从被同事们喊的以往那些称呼中，又有了一个新的称呼“卢大师”。

这让他内心里忐忑不安，自己能担得起“大师”这个称呼吗？他向来为人低调，总是以“成熟的谷穗都是深埋着头，没有内涵的稗子才总是一副飘飘然的样子”来告诫自己。现在大家一声声“大师”，他想低调都低调不了了。他深知工作室虽然是以他个人名字命名的，但它绝不属于他个人，它属于国家，属于中国兵工，属于一机，属于一机的全体焊工。他必须把它干好、管好，从大了说，不辜负国家寄予的厚望；往小了说，不被同事们在背后戳脊梁骨，不成为大家的笑柄。

确实，工作室成立之初，厂里人对它是有异议的。这以个人名字命名的大师工作室对厂里能起到什么作用？成立了该怎么操作、怎么管理？厂里以前顶多有个自己的“职工之家”，用于职工的培训、学习、娱乐等活动，现在弄这样一个国家级的大师工作室，作为新生事物，它的管理、规章、制度、考核等都不知该如何具体操作，又没有可借鉴的经验，厂领导都有些挠头。但厂里还是给予了最大的支持，给工作室提供了近500平方米的场地，关于后期的建设、管理，也都给提供了很大的空间。

领导的支持，给卢仁峰吃了一颗“定心丸”。他将国家已有的工匠工作室管理规章制度进行了细化，又上报一机集团和中国兵器进行补充完善，最终形成了一套切实可行的管理细则。

工作室最重要的任务是培养人才，主要侧重于理论教学培训。没有现成的教材，卢仁峰就自己动手编写，他把自己多年的创新、革新、工艺改进等业绩都列出来，由浅入深，编写成教案、教材。他归纳提炼出《理论提高6000字读本》，被徒弟们奉为“至宝”，字字箴言，堪称“武林秘籍”。徒弟们一日日读透、吃透，然后在实践中理解消化。

他还将自己以前记的学习笔记都拿出来跟徒弟们分享，

卢仁峰技能大师工作室内景

卢仁峰技能大师工作室

卢仁峰技能大师工作室

中国兵器 工业集团
NORINCO GROUP
内蒙古一机集团第三分公司
卢仁峰技能大师工作室

每一篇都能给他们深刻启发。言传身教，徒弟们也都像师父一样，养成了及时总结的习惯，每个人都备了一个笔记本，上面密密麻麻记录着每一次试验、每一次攻坚中的每一个焊接步骤、每一个焊接数据。师兄弟之间也会相互交流笔记，相互学习，扬长补短。

卢仁峰也在给徒弟的理论培训中，发现了许多以前被他忽略的知识点。教学相长，工作室给了他极大的热情和激情，像一棵大树上同时长满了果实和盛开的花朵，这奇异的人生景观，是深扎厚植事业的泥土，以理想和信念的清泉浇灌而成的。他严格地要求徒弟，更严格地要求自己。果实与花的馥郁芬芳让岁月流逝变得可以忽略不计，唯有工作，工作中的师徒们是有魅力的。

为了提高徒弟们焊接手法的精确性，他总结出“强化基础训练法”。不管徒弟过去的基础如何，每天必须进行 5 块板、30 根焊条的“定位点焊”，每点误差不得大于 0.5mm，不合格就推倒重来。通过以训促学、练中提技，专项理论提升、专项技能提升等训练方式，徒弟们快速成长，都成了工厂里的焊接骨干。

2013 年，卢仁峰感觉到传统的焊接必须与时代相结合。他看到厂里虽然在十几年前就有了机器人焊接工种，但一直做得不是很好，最主要的原因，是缺乏机器人焊接方面的人才。他就想在厂里推进机器人焊接，可他作为传统焊接的带头人，对机器人焊接一窍不通。这年他50岁了，再去学计算机编程何其艰难？

可他要给徒弟们讲，首先自己得懂必要的基础知识。他就去学习，除了书本、网络上的学习，他还自己掏钱去外面报了培训班进行学习。一段时间后，他竟然能够简单编程。他给徒弟们讲机器人的先进性，机器人焊接的诸多优势，随着科技的进步，焊接技术正朝着更加自动化和智能化的方向发展，数字化技术的应用使得焊接过程更加精准可控，通过计算机模拟和数据分析，可以优化焊接参数，提高焊接质量和效率。怕自己讲得不够深入，他又从外面请来专家给徒弟们以及工厂里的年轻人授课。

他跟工会领导商量，想在三分厂搞一个机器人焊接比赛。工会领导非常支持，由他来筹备。因为是第一次搞这个东西，筹备中他又经过了大量的学习。比赛取得了成功，他乘胜追击，更大范围地在一机集团里发起机器人焊接大赛。两次比赛，使机器人焊接进入大众视野，大家都感觉这个东西太好了，厂里一时之间出现了机器人焊接学习热潮，涌现出一批优秀的机器人焊接编程人员。

他提前走了这一步，对于一机的发展意义重大。2015年，厂里开始批量生产坦克、轮式战车后，机器人解决了焊接中非常大的问题。发展到后来，厂里百分之七八十的焊接都在使用机器人操作，极大地提高了生产效率、工作精度、产品质量，减少了人工成本，降低了人工劳动强度。它的优势实在太多了。

自工作室成立以来，卢仁峰带领徒弟们完成了《解决轮式车辆焊接变形和焊缝成型》《某轻型战术车焊接技术攻关》《新型民品科研项目“铝摇枕”焊接攻关》等二十多项技术难题的攻关。其中，《解决轮式车辆焊接变形和焊缝成型》项目，有效地控制了轮式车辆的焊接变形和焊缝成

卢仁峰（右三）正与工作室人员探讨自动化焊接机器人焊接工作

型问题。《新型民品科研项目“铝摇枕”焊接攻关》更是填补了国内空白，为逐步解决高速列车枕梁的完全进口问题奠定了基础。

工作室已获得国家级技术专利 51 项，技术成果 60 余项，QC（品质控制）成果及合理化建议 253 项。实际上他们的成果远远不止这些，这只是可以公开的一部分，出于国家军工单位保密的特殊原因，大部分新的科研成果他们都不能写成论文去发表，也不能去参评各种奖项，更不能拿出去跟同行进行分享。他们只能默默地把成果“雪藏”，等到能公开的时候，大部分都过了时效性。

“不能泄密”，是一项铁的纪律。卢仁峰告诫徒弟们，无论什么时候都要把嘴封严实，出差在外更是要做到滴酒不沾，酒能忘性，一旦被别有用心的人灌醉，指不定说出什么话来。涉及国家机密的技术，要以生命去捍卫！卢仁峰也只在逢年过节时和家人小酌一杯，在外面从不接受任何人的宴请。作为一个能喝酒的人，人生几十年，竟然一次也没有喝醉过！这是一种严格的自律！

这就是军工人，可以牺牲荣誉、利益，可以牺牲个人的一切，默默无闻，无怨无悔！

工作室成立以来，与卢仁峰正式签订师徒协议的从刚开始的 9 人，发展到后来的 40 多人、60 多人，间接培训

卢仁峰技能大师工作室

的徒弟就更多得数不清了。

说起徒弟们的进步和取得的成绩，很少喜形于色的卢仁峰脸上乐开了花。那种打心底里升起的满足、喜悦、自豪感，像初春温暖的阳光，亮堂堂的，能把所有的冰雪都融化，能把所有的辛苦和汗水都一拂而去，由不得人不羡慕，他活出了自己想要的人生，这是多少人羡慕的人生啊！

而在他徒弟们的心目中，师父不光伟大，他还是一个充满哲理和智慧的人；他对他们的启迪，是他们一生的财富。师父和他每个徒弟间感人至深的故事，讲也讲不完……

卢仁峰技能大师工作室牌匾

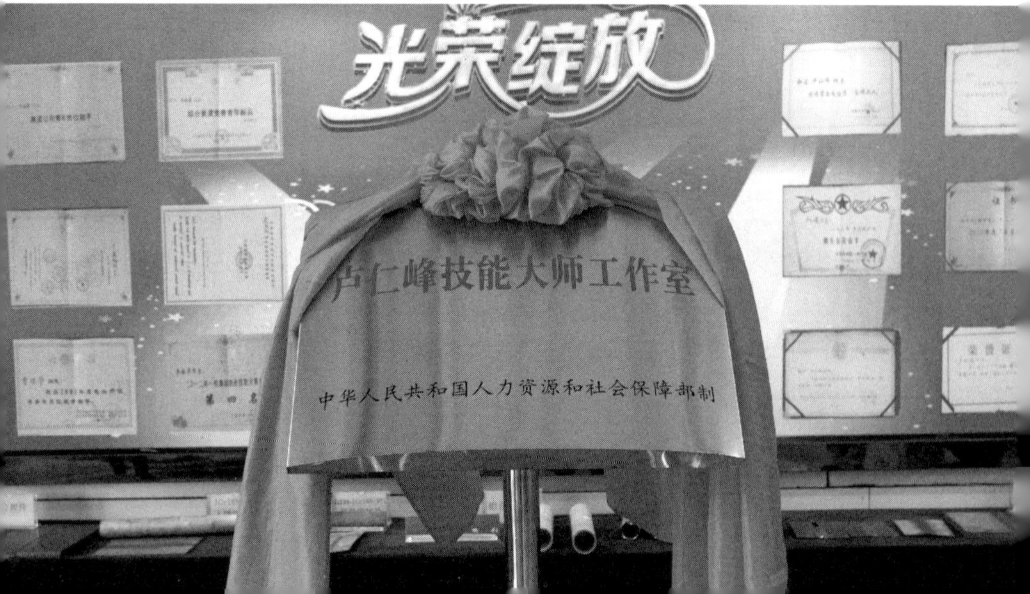

第九章 王志勇：师父教我做个好焊工

国字脸，朴实的面容，中等的身材，不胖不瘦，总是穿一身白色的、皱巴巴的电焊工作服。他走路的脚步很快，像是着急去赶一件要紧的事。是的，他总是觉得时间不够用，要争分夺秒地去干好工作，利用好每一个工作的间隙去看书学习或者拿起焊枪进行练习。

他叫王志勇，1988 年出生，是地道的内蒙古包头市人，生于斯长于斯，在他身上，有着草原汉子的坚毅和豁朗。他家庭条件不是很好，学习成绩也一般，高中只上了一年就不上了，他觉得上大学不是唯一的出路。俗话说：“手艺是活宝，走遍天下饿不倒。”他想去学一门技术。打听到有个内蒙古一机技校，他就去报了里面的电焊专业。他学习高中课本知识很吃力，学习电焊知识却得心应手。原来每个人都有自己擅长的领域，从这个角度来看，中国的大多数父母在对子女的教育要求上都有些偏执。

三年技校毕业，2008 年 9 月，他到一机集团三分公司

王志勇工作照

工作，成了一名电焊工。他一来就看到同事们每天都在勤奋地练习焊接，一问才知道，10月份三分公司有一个岗位练兵，每个人都要拉出来练练、比比。比的内容是平焊、立焊、横焊、仰焊这些基本焊功。王志勇见别人练，他也跟着练，板与板，管与板，管与管，几种焊接反反复复地练，不会的就去请教身边的师傅们。王志勇请教的人很多，但他还没有一个固定的、真正意义上的师父。

别人都是奔着拿名次的，王志勇只想不是最末尾一名就行了。或许正是这种毫无负担的心理，在岗位练兵中，五六个车间、三十多人参赛，他竟然得了第二名！身边的师傅们都啧啧称奇，一个新人，只练了一个月就取得了这样的好成绩，真是个焊接好苗子！

一个师傅拍着他的肩膀说："志勇啊，你想不想继续提高？"

"想。"他回答得很干脆。这个成绩让他找到了自信，也激发了他超越自我的斗志。

"那就去拜卢仁峰为师，他的焊接本领别说在厂里，就是在全国也是数得着的。"

卢仁峰的大名，他一进厂就听说了，他和卢师傅不是一个车间的，厂里车间多、人也多，他在厂区里远远地看见过卢师傅，他能认出卢师傅是因为工厂的宣传墙上、各种宣传海报上，都贴满了卢师傅的照片，因为距离远，他从来没去跟卢师傅打过招呼。这个师傅的提醒也正是他心中所想，但是他也早听说卢师傅从不轻易收徒，卢师傅能不能收下自己，他心中没有把握。

思虑再三，他觉得自己应该去试一试，就算碰了钉子，也没什么大不了的。

那是一天晚上，他去登门拜访卢师傅了。坐在卢师傅家的沙发上，两人谈了很多。他向卢师傅介绍了自己的成长情况，他自小在单亲家庭里长大，3 岁时父母离异，他跟着父亲和年迈的爷爷奶奶生活。他很小就学会了洗衣、做饭、做家务，过早地品尝了生活的艰辛。他还说了许多自己对电焊知识的理解和想法，最后他说，想跟着卢师傅学好电焊技术，为厂里争光，也减轻家庭的负担，挑起家庭重担。

卢仁峰听着他的讲述，看着他眼睛里的那份真诚，以及他身上那份和年龄不相称的成熟，穷人的孩子早当家，他能感受到这个年轻人的自强自立，他心里涌起阵阵心疼。随着年岁渐长，厂里的年轻人很多跟他女儿同龄，还有很多比他女儿还小，他看他们就有了父亲的目光、父亲的慈爱。他平时收徒弟都是先观察一段时间，看人品、能力各方面都符合要求了再收，可是这次，虽然只是短短的几分钟交谈，他觉得这个年轻人不会差，决定破例收下他。

但卢仁峰还是要继续敲打他一下，说："你要跟我学电焊，说白了就是你能不能吃下这份苦啊。不光要吃身体上的苦，被焊豆烫个水泡、留个疤痕，那是最平常不过的事；还得吃终身学习的苦，因为材料、科技无时不在进步，焊接技术也要随之提高才能与其匹配。那种所谓的'一招鲜吃遍天'在别的行业中也许可以，但在焊接中不管用，你得每天去学习、去练习，你能做到吗？先别急着回答，回去想好了再说。"

"师父，不用想了，我不怕吃苦。因为我热爱焊接，再大的苦我都能受，我会将终身学习当成自己的追求。"王志勇站起来，急着表明心迹。

卢仁峰满意地点点头："好，那你就跟我学吧。我给你几本书，你先回去看看。"他说着去书架上抽出几本书递给他。

王志勇恭恭敬敬地接过，一共有六本书，内容有焊接高级工、焊接技师、焊接高级技师、工艺学初级、工艺学中级、工艺学高级。王志勇捧着这些书，如获至宝。

卢仁峰说：“你先把这些书都看懂、吃透，再理论联系实际去操作，要学惊人艺，须下死功夫，从今天起你就得对自己有不一样的要求。”

“是！师父，我记住了。”王志勇心中充满感动，都说师父对人真诚，尤其对徒弟，恨不得把全部心都掏出来，他感受到了。

那天晚上回到家里，王志勇捧着一本书，一直看到深夜……

从第二天起，他一干完自己车间里的工作，就去跟着师父学了。后来师父成立了大师工作室，他也成了师父工作室第一批正式签约的徒弟之一。

师父要求他先练基本功。基本功扎实了后面的才能学好。比如教他练蹲姿，蹲姿一讲究稳，要四平八稳，身体不能晃，因为只有身体稳，手上才能稳；二讲究蹲的时间长，焊多久就得能蹲多久，短则一个小时，长则四五个小时，要始终保持一个动作，腿、脚都不能麻，只有能蹲得住，才能保持焊缝的前后一致。这也是为什么他的工作服总是皱巴巴的，尤其是腿窝处，都皱成了湖水的涟漪，一圈一圈了。长年累月地练习，王志勇已经把保持蹲姿练到五六个小时甚至更久，身体都不带晃一下的。

师父还教给他蹲的位置，必须一次就蹲到位，蹲到靠近收弧处，手往前够，胳膊悬空，尽量减少身体的扭转，动作越少越简化，手势姿势就会越稳。包括焊枪的角度也要固定，比如平焊中焊枪头和平板的夹角是80度，那么从头焊到尾始终得保持80度，如果稍微倾斜一下，焊丝

王志勇与师父卢仁峰在交流焊接技术

就会伸长，电阻就会增大，电流、电压、熔池、汽保、各项参数都会发生变化，焊接质量就会受到影响。

练习中，有时一个焊渣掉在身上，衣服被烧穿一个洞，落到皮肉上，吱的一声，飘出一股浓重的烤肉味，剧烈的疼痛会让身体一抖，或者手上停一下弧。这是人的生理本能，正常反应。

可是师父说：“做一名好焊工就要克服这种生理本能。烫得再疼也得忍着，不能抖更不能停，要不受一点干扰地把这道焊缝焊完，焊完了你才能去处理身上的烫伤。因为如果你手中的弧断开一下再重新起焊，这条焊缝的完整性就没有那么好了，就有了瑕疵和缺陷。”

师父说完撩起袖子，只见他胳膊上布满了大大小小烫伤的疤痕。他又撩起衣襟，前胸、后背上一样布满了疤痕，褐色的、黑色的，似豆子，似铜钱，似神秘的地图……令人触目惊心。

原来大师是这么练出来的！王志勇更是对师父、对电焊这个职业肃然起敬！

如今，他的胳膊上、前胸、后背上，也都和师父一样，布满了大大小小的疤痕，这是苦练的印记，也是师父精神的传承。

师父把自己所学全都教给徒弟们，掰开了揉碎了给他们讲，从不私藏。王志勇很快就能跟着师父一起进行项目攻关了。

最令他记忆犹新的是，他跟着师父焊 4×4 轮式装甲车的那些往事。那是厂里刚接的一个项目，师父带着他们七八个徒弟一起焊。

师徒几人昼夜奋战在攻关现场，师父又把家里的锅、液化灶拿来了，还有师娘腌的咸菜、炸的肉酱、手擀的面条，半夜里饿得不行了就煮点面条，拌上炸酱，吃一口继续干。师娘还经常炖点大排骨、做点好吃的给他们送来打牙祭。

这种装甲车的材质非常特殊，碳当量非常高，表面设计也非常复杂，极其难焊。师父对徒弟们的要求比以前任何时候都高，从电流参数制定，到焊缝位置、焊接方法，都是叮嘱了再叮嘱。尽管这样，焊接出来还是出现了变形，装甲车窗口那块儿的变形最大，导致防弹玻璃安装不上去。

焊接变形是个国际难题，至今没有任何一个国家能够攻克它，唯一的方法是靠后期的校平工作。

王志勇不知道该如何下手。这时候师父过来了，王志勇指着窗口给师父看。师父仔细观看了他们的每一道焊缝，都没有问题。他沉默了一会儿，然后，他拿起石笔，在车体上方部位，画了四五十厘米长的一道，胸有成竹地告诉他，你在这边焊一道，电流是多少、电压是多少，等多长时间凉下来，你再量。王志勇心想，这能行吗，这离窗口还远着呢。但他不敢说出来，师父这样做必然有他的道理，依言去焊就是了。也真是奇了，焊后凉下来拿钢板平尺一量，变形竟然回去了，平了！

师父就是这么神奇，焊一道，变形多少，他都能算得特别精准。有时焊一道不行需要焊好几道，师父就给他画一道，他就拿焊枪焊一段，等凉下来，师父再画一道，他就再焊一枪，焊到第五、第六道的时候，鼓的这一块就回去了。师父画这一道看似轻松，实则画多长、在哪里画，都必须精准，差一点就收不回去，他靠的是多年积累的经验。

这种焊法叫堆焊，焊后再用角磨机把焊缝磨平，表面就像没焊过一样平整光滑，而变形已被解决，各种尺寸完全符合标准。

王志勇佩服得五体投地：“师父，这是什么原理啊？”

师父有些得意，停了一会儿说：“这是一种高熔高压焊，借助材料的热胀冷缩原理，每焊一次，焊缝冷却后就会收缩一点，最后把鼓起来的地方都化平了，这叫以变治变。”

这也是师父的创新成果。师父后来写成论文《高强、高硬度车体焊接变形和焊缝成形技术》，该技术采用特殊的焊接运枪方法，使变形向着期望的趋势发展，并通过高熔高压表面堆焊校正法得以校正，解决了高强度装甲钢焊

王志勇和师父卢仁峰在一起

接变形难控制及焊缝成形差的难点，并已应用到多种型号的装备制造，产品质量稳定。师父的这项成果还获得了中国兵器技能创新一等奖。

这个活儿干得漂亮，质量验收一次性百分之百合格！国外专家们都无比叹服，连连伸出大拇指：“卢大师了不起！中国人太智慧了！”

王志勇工作照

师父令王志勇佩服的地方无处不在。通常情况下，厂里新到金属，厂家都会提供成分比，比如碳、硫、磷、硅、镍、铬等成分各占的百分比，他们会根据这些数据去计算出它可焊性的区间度。可是一些老旧的管道、车体等因为年久，成分完全不知道了，怎么去焊它？别人都束手无策。师父会用锉刀锉一下，看它的色性、韧性；再用硬度锤打个点，通过打点的深度，来判断材料的硬度、强度，继而确定出用什么样的焊材。

师父说："给人看病得号脉啊，望闻问切，金属材料也一样，我们得学会给金属材料'号脉'，依靠的就是经验，而经验是建立在无数次的练习和实践中的。"

得了师父的精髓，王志勇更加勤学苦练。他也取得了飞速进步。

王志勇的优秀吸引了一个女孩，他们俩相识、相恋了，很快就开始了谈婚论嫁。那是 2017 年，按当地的风俗，女孩的父母提出要 4.8 万元彩礼。这个数目并不高，但王志勇家刚为他结婚准备了房子，要装修还要买家具，彩礼钱实在是拿不出来了。

王志勇无人可借，只好去找师父了。还是坐在师父家的沙发上，他说话吞吞吐吐的，几番想张开的嘴怎么也张不开。师父一看他这个样子，就知道他肯定是遇到难事了，主动问他：“志勇，你有什么事情跟师父说。”

“师父，能不能，借给我五万块钱，我结婚还差彩礼钱。”他面红耳赤，不敢抬眼看师父的眼睛。

师父没提钱的事儿，却说：“这样吧，回头把你女朋友叫来，我见见她。”

师父没说要借钱给他，王志勇有些沮丧，但还是在周末时把女朋友约到了师父家。师娘给做了一桌子菜，他们团团围坐。

师父对他女朋友说：“志勇是个好孩子，人品好又能吃苦耐劳，技术上也不错，姑娘你没看错人。你们俩以后的生活幸福不幸福，不在于彩礼钱给的多少，婚后你支持他把技能再练上来，厂里给的奖励也不少，还愁过不上好日子吗？你不要看当下，要往后看，往后你们要生活差了、有困难了，你就来找我。”

师娘也说：“我跟你师父结婚那会儿，总共只有几十块钱，住在一间挨着厕所的临建房里，十来平方米，夏天臭得不行，冬天冻得尿碱糊满了墙，就这样也住了好几年。那时候可真是一贫如洗呀，床是用厂里包设备剩下的木板子自己钉的，铲子、勺子是你师父自己焊的，炒菜锅是用废旧的灭火器罐切出来的，给它焊一个铁把儿，直到把锅底用穿了个洞才买了新的。你看现在日子不是也过得挺好吗？”

女孩也是通情达理的人，频频点头。回去后，她说服父母，彩礼钱只象征性地要了一点。

直到这时，师父才把他叫到身边，推给他一个鼓鼓囊囊的大信封，说：“这里面有六万块钱，你们刚起个新家，花钱的地方还多着呢，你拿着吧，不够了再向我要。”

王志勇接过钱，眼泪夺眶而出，师父的一片苦心，就是亲生父亲也不过如此啊！

婚后两人生下一儿一女，小日子过得幸福美满。

王志勇家在包头市东河区住，离厂非常远，上下班不方便，要先骑电瓶车，再倒线路车，光路上就一个多小时。如果晚上在厂里多练习一会儿，就赶不上线路车无法回家了。为了解决这个问题，小夫妻俩攒钱交了首付，在离一机厂不远的地方贷款买了房，上班方便了，孩子上学也方便了，离师父家也更近了。

有时王志勇和媳妇都忙的时候，师娘就帮着他们去接送孩子，遇到周六日上班的时候，就把孩子放在师父家里，师娘给照看着。

师父、师娘不光是对他，对其他徒弟也是一样。谁家里遇到困难了，或是工作、生活上遇到事儿了，都逃不过师父的那双“慧眼”，他看徒弟尤其准，谁有一点思想波动他一眼就能看出来。他会把徒弟叫到办公室，温和地询问，只要是他能帮上的忙他全帮。

师父还常给徒弟们讲：“夫妻两人过日子，就是钢板和焊材的关系，要相互融合，牢牢地焊在一起，日子才过得幸福。你们要能做工作中的好焊工，更要能做家庭生活中的好‘焊工’。不能让家庭离散了，你要为你的人生负责。”

师父意味深长的话，徒弟们都牢记在心，至今没有一个徒弟离婚的。

王志勇觉得自己很幸运，能够遇到师父。这些年，他获得了许多荣誉，内蒙古自治区劳动模范、五一劳动奖章、草原英才、内蒙古自治区技术能手、兵器工业青年技术能手、中国兵器工业集团有限公司职业技能竞赛“焊接机器人”第一名、包头市优秀共产党员……公司甬路旁的光荣榜上，醒目的位置上贴着他的照片……但他觉得自己做得还远远不够，不管是在做人还是在做事上，他都在努力成为像师父那样的人。

第十章 马卫东：师父问我人生如戏和戏如人生的关系

马卫东时常回想起 2014 年，自己刚进厂时听卢大师讲座的情景。那时他还不是卢仁峰的徒弟，他只是他众多的听课者之一。

那是一间能坐四五十人的大会议室。上面是一个小平台，下面是几排桌椅。卢大师在上面讲课，很多年轻人在下面听讲。卢大师不光讲理论，他还带着大家到车间里去用实例来讲解、分析、演示，让原本深奥的电焊技能都变得有了可操作性。他演示的时候，那只受伤的左手有时往上举着，有时用半截手掌辅助着，像一个人因为袖子短用手掌使劲抻着袖子干活的样子。这让马卫东感到很心疼，他心想卢大师该是遭了多大的罪啊！

那时，一机厂开设技能大课堂，安排师傅们讲授焊工、钳工、钻工、铸工、修理工等多种工种知识。时间都安排在每天下班后，每次讲一个半小时。厂里人自愿来听

马卫东在工作中

讲学习。每一次轮到卢大师讲的时候，来听课的人坐满了会议室。冬季天短，下班时天都黑透了，叶片落尽的树干在寒风中兀立着，伸展着比天更黑、更坚硬的虬曲枝干。会议室里灯火通明，灯光映照在一张张求知的脸上。

马卫东总是选最前面的座位。他长着一双黑眉毛，一对细细弯弯的眼睛。不说话的时候嘴角微微上翘，像一条小鱼含在嘴巴里；笑起来时嘴角、眼睛更弯了，让人感到朴实又可爱。他的性格有点毛躁，还有点小任性，这或许是他上面有两个姐姐自小就让着他的缘故。这个21岁的小伙子是个非常有个性和有主意的人。他不喜欢别人强迫他做任何事情，也绝不会轻易地去佩服和听从一个人的教导。

可他唯独对卢大师讲的电焊知识上心了。这不但让别人对他惊奇，连他自己也感到惊奇。他还从没有对一个人这么佩服，也从没有对一件事情如此上心。

其实刚进厂时的他并不是这样的。他还和过去一样，任性、贪玩、懒懒散散的，人生也没个目标。他知道卢大师的名气，但他有些不以为意，不就是一种电焊工作嘛？然而在亲眼见过了卢大师的焊接技术后，他大为服气了，是发自真心的服气。别人用两只手都做不好的事，他怎么用一只手就干得那么好？就比如顶压带水焊，想想都觉得不可能，他怎么就做到了呢？他为厂里搞了那么多创新，解决了那么多难题，创造的经济价值不可估算。这就是一个人的人生意义吗？以前他从来没有想过这些问题，现在他开始了思考，反观自己的人生该怎么走，是做个平庸的、浑浑噩噩混日子的人，还是做个像卢大师那样能实现自己人生价值的人？在经过无数次思考后，他下定决心了，要努力去提升自己，做一名像卢大师那样的好焊工。

马卫东出生于 1993 年，老家是山西省忻州市偏关县霍家沟村，那是一个贫困的小山村。高中毕业后，他没有考上大学，又不想去复读，他自小动手能力强，就决定去学一门技术。两个姐姐走西口都落户到了包头市，他就来到包头职业技术学院学习。小时候他见过村里有人焊水管、焊钢架，他觉得当一名焊工很有意思，所以在选专业时，他报了焊接技术与自动化。他在包头职业技术学院学了 3 年，毕业后通过招工考试，来到一机厂工作。

一个有个性的人，你想改变他是不容易的，但是他想要改变自己的时候，又会超越你对他的所有认知。每天下班后只要一有卢大师的课，他就去学习，拿个小本子认认真真地记。课后卢大师和大家交流的时候，他却悄悄退到人群外，他有些羞涩，觉得自己技术太差，没有资格去和卢大师交流；又觉得自己嘴巴太笨，生怕表达不好，再惹卢大师讨厌。他佩服卢大师有一身好本领，还有那么好的口才，有那么清晰的逻辑和表达能力，能用不徐不疾的语速，把焊接中的每一个原理和知识点都讲得清清楚楚、明明白白。

及至后来，他真正拜卢大师为师，成了他名副其实的徒弟，他才知道，师父学历并不高，他能有今天的成就，全是他每天孜孜不倦学习的结果。工作再忙，师父也要抽出时间去读书，除了读电焊专业的书，他还读历史、政治、哲学、文学的书，以至于他成名后那么多工厂、学校、军营等都邀请他去讲课，每次他都能把课讲得非常好，总能赢得无数赞誉。电视台、媒体的记者采访他，他也从不慌张，镜头下的他松弛、得体，他从不忘对一机厂的宣传，他的修养、学识总会使他被误认为是一名大学教授。这除了他后天的学习积累，也是他苦练口才的结果。他总是在大清晨一个人去小树林里大声朗读，去练习口才能力。无论做任何事情，他都精益求精。

那时候找卢大师拜师的人太多了，但他从不轻易收徒。他总在暗中观察这些年轻人，他收的徒弟，首先人品得好，还得有肯吃苦、肯钻研、勇于创新的精神。马卫东很聪明，他也摸透了卢师傅的心思，他给自己订下目标：要努力学习，好好做人，争取有一天能做卢大师的徒弟。

从小就不爱读书的马卫东捧起了书本。刚开始时读书很吃力，他也越发发现自己知识的贫乏，于是更加努力地读书、练习。每天午饭后别人都找地方休息去了，马卫东却一个人在车间里练习。下午下了班，他不是去听课，就是在车间里练，常常练到深夜才回家。有时候卢大师悄悄走到他身边，他就感到紧张而激动，他怕卢大师看到他焊得不行，他又想让卢大师看到他的刻苦表现。有时候卢大师指点他两下，他就高兴得心里开了花。他不知道，他的这点“小心思”早被卢大师看在眼里了。

苦学苦练了3年，马卫东已经彻底改变了领导对他“毛躁小伙，难成大器”的看法。2017年，厂里进行职工年度焊接大赛，在全厂几十名焊工中，他脱颖而出，取得了第三名的优异成绩。这是他参加工作以来拿到的第一个好成绩，代表着工厂对他的认可和肯定。至今，每次说起这个成绩来，他的脸上都堆满笑意，那份荣耀感让他整个人都仿佛在闪闪发光。那是一种奋斗的意义感，它在改变着一个人，燃烧一个人，重塑着一个人。

现在，他觉得自己有资格去向卢大师拜师了。即使他不收自己，他也是他心里永远的师父。

“卢大师，让我做您的徒弟吧。”一遇到卢大师那种自始至终的沉着和冷静，他本来满怀的信心又忐忑起来。他仰起下巴，一双弯弯的月牙形眼睛近似祈求地望着卢大师，眼神里充满内心的热切、真诚与纯真。

卢仁峰憨着笑，这个年轻人是一块多好的璞玉啊，就看你怎么去雕琢他。他却故意沉思了一会儿，说：“行，既然你想跟我学，那我就收你为徒弟吧。”

“谢谢师父，谢谢师父，我一定不会辜负您的期望，决不会给您丢脸！”他激动得满脸通红，不停地给师父鞠躬，不停地说着感谢。

“但做我的徒弟，有三点要求，你知道吧？”

“师父您说，我听着呢。”

“第一是‘德’。人生无论做人做事，德字为先，俗话说，德才兼备是圣人，德大于才是君子，德才皆无是庸人，才大于德是小人，无论技术怎么样，你都得做个品德高尚，为人大气，坦坦荡荡的人。第二是要懂得吃亏让人。吃亏是福，要把困难留给自己，把好事情让给别人，不跟别人计较长短，不把得失放在心上，将吃亏当成境界来修炼。第三是永远保持做人的谦逊、低调。满招损，谦受益。不管技术有多高，不管将来取得多大的成就，都要不张扬，踏踏实实做人。”卢仁峰声音不高，语速也不快，却每一句话都铿锵有力，犹如雨点砸在泥土里，砸出一个小小的坑，也在马卫东的心里砸出阵阵涟漪。他本来还以为师父会叮嘱他怎么提高焊接技术，没想到师父叮嘱的字字句句都是如何做人。

“师父，我都记住了，我一定按您说的去做。”

卢仁峰点了一根烟，一缕淡淡的白色烟雾从他鼻孔中飘出来，笼罩着他平和的面部。抽烟是从他手受伤时开始的，他曾用抽烟来缓解无尽的痛苦，自那以后就没再戒，这或许是他唯一的“恶习”。他悠悠地说：“别人说‘一日为师，终身为父’，在我这儿不存在这个，我不要你们任何一个徒弟有这心理负担，你们有负担我就有负担，这样不好，我的门进来时虽然严点，但出去时很宽，想走就走，我们是平等关系，是好朋友、好同事，没有为父这一说。”

马卫东一时语塞。他认定了师父就会一直跟着师父，师父这样说让他难过，他心里澎湃着阵阵浪潮，难以用语言说出来，那会显得太轻飘，他有些局促地反复搓着自己的手，心里暗暗说：“师父您瞧我的表现吧。”

烟雾散去，卢仁峰在烟灰缸里摁灭了烟头，看着他突然问道："马卫东，你说说人生如戏和戏如人生，到底是个什么关系？"

"啊？"他一下子愣住了，如果师父提出电焊知识，他或许还能回答一二。可师父却提出跟电焊毫不搭界的如此深奥的哲学问题，他怎么能回答得上来？

他不停地摸着后脑勺，一脸的困惑，只能尴尬地笑着。

"不急着回答，等你彻底想明白了再告诉我。"

马卫东在焊接工作中

“是，师父。”

从此，马卫东更近距离地跟着师父学电焊了。师父的问题，他也一直装在心里。

马卫东发现，师父在教他们这些师兄弟的时候，注重因材施教，不同的人有不同的培养方式。就比如对他马卫东，知道他性子急，就会有意磨炼他，在练习中，不是把什么全都告诉他，而是让他自己先去焊，他在一边看着。马卫东操作不当的时候，师父就会旁敲侧击地说，你再想想。马卫东固执，觉得自己这样操作没问题，师父没有非得纠正他，他的态度是，你改也行，不改也行，你要经历完每一步，失败在哪里自己去想。

他当然明白师父的良苦用心，师父如果把一切都告诉他了，他也就不会去思考，也没有那么多奋斗和冲劲儿了。俗话说：“思考是行为的种子。”在这方面，师父给徒弟们做了表率。

他们有个焊接设备叫二保焊机，全称是二氧化碳保护焊接机。它由多芯控制电缆、焊钳电缆、二氧化碳输送管气带三根线组成。这三根线都很长，使用中在地面上相互拉拽，尤其是在集体作业时，线跟线间纠缠在一起难分难解，对送丝机构造成破坏，也影响了生产。别人都习以为常了，对麻烦视而不见。

师父看后却皱起了眉头，一番思考后，他设计焊制了一根悬臂，悬臂与二保焊机间用轴承、滑轮、弹簧之类做了一个伸缩装置，悬臂可以伸缩，可以悬空，能根据工作需要随意变换角度。三根电缆线随着悬臂从一人多高的上空走。用的时候拉过来就用，省时、省力、便捷。试验成功，师父给每台二保焊机都配上了悬臂，有效避免了电缆线的相互纠缠，工友间的相互妨碍，还省去了每次都收拾地线的麻烦。师父的这个二保焊机悬臂还获得了中国兵器创新大赛一等奖。

让工友们“闹心”了许多年的问题，被师父巧妙化解了。徒弟们都佩服得五体投地，师父对他们说：“这个悬臂做起来难吗？不难。那为什么你们都想不到我却想到了？那是因为我总是在思考，思考是工作和生活的第一要义。你们每时每刻都要把看到的、听到的、正在做的，都要进行思考，不能听之任之，更不能人云亦云，只有这样，你们才会有新发现，才会有创新成果。”徒弟们心服口服，马卫东更是将师父的话牢牢记在心里。

马卫东在师父的栽培下，焊接技术日益精进。2023 年，内蒙古自治区焊工职业技能大赛，全区 40 多人参赛，他获得第一名！2024 年，他获得内蒙古自治区五一劳动奖章，集团公司和三分公司都给予了他奖励！成绩得来不易，卢仁峰为徒弟的成长而感到由衷高兴。

2024 年，马卫东跟师兄弟们承担了某国专门运输散装粮食的火车车厢的焊接任务。它就像一座房子，车辆在车厢一侧用输送机从顶部装粮，卸粮时车辆停在带有接粮坑的专用线上，打开车厢底部漏斗状出粮口，由于车厢内部设为斜面和曲线状，散装粮食就会依靠自重自行流出卸空。它有四个卸粮口，自卸性能非常好，卸空率接近 100%。

这是一种铝合金焊接，活儿特别难。因为某国执行的是他们自己国家的标准，对焊缝质量、焊接成型要求都非常高。某国曾找过好多厂家都没谈成，最后被一机厂接了。它一个产品由 4 个小产品构成，一个小产品有 60 多道焊缝，一共得有 240 多道焊缝。一个大车厢焊完后，对角线误差不能超过 2 毫米，宽间距误差不能超过 0.5 毫米，平面度误差要小于 1 毫米，如此严苛的焊接要求，很多厂家都不敢接。

一机厂接了后，师父带着他们参与了焊接，马卫东也学会了像师父一样去攻克技术难题。第一台完成后，误差率都在要求范围内，用 X 射线探伤机探查结构内部情况，完美无瑕。某国非常满意，惊叹于中国年轻人的精湛焊接技艺。他们用两个月的工期，保质保量地完成了50套产品的焊接任务。

急难险重的活儿，马卫东并不怵。他怵的是在一些事情上自己考虑不周全挨领导的批评。有好几次，他都挨了领导的骂。年轻气盛的他压不住火气，想着大不了辞职走人。

通常这时候师父都会把他叫到家里，让师娘给炒俩菜，师徒俩相对而坐，倒上一杯小酒，边吃边喝边聊。

师父说："人的一生哪有一帆风顺的，如果一遇到点事就撂挑子不干了，看起来是有个性，实际上耽误了自己的发展。你想想，有哪个企业是百分之百完美的？有哪个工作是完全符合你心意的？又有多少人是能顺着你的想法来的？退一步讲，就算你刚开始觉得找到了这样的企业和工作，遇到了这样的人，但世界在发展变化，谁能保证永远都让你满意？遇到事情一走了之不是办法，要学会去勇敢面对。你以后的路还很长，什么大风大雨都要经历，到时你再回头看现在，都是不值得一提的小事，人要学会拿得起放得下。"

师父的一番话，说得他低下了头，心头的委屈、不平，瞬间就烟消云散了，他诚恳地说："师父，我错了，这些话也只有您才肯对我说。”

时间验证了师父话语的正确性，当几个月、几年过去后，马卫东再回想起过去所谓的“委屈”，都觉得是自己太稚嫩了，要不是师父压着，他不定会做什么傻事呢。

也是在经过几年之后，他才彻底找到了师父当初问他那个问题“人生如戏和戏如人生，到底是个什么关系”的答案，在又一次师徒对话的时候，他说：“师父，我能回答你当初问我的问题了。”

“说说看。”

“对我来说，应该先是戏如人生。这个人生，是指别人的人生，我应该从师父的人生、从无数优秀人的人生中，去学习和借鉴经验教训，来丰富自己、提高自己；之后才是人生如戏，这个人生指的是我自己的人生。我要把我的人生过得像大戏一样精彩，也同样成为可供别人借鉴的人生故事。”

卢仁峰爽朗地笑了：“好小子，你明白师父的苦心就好！”

第十一章 王鑫：师父送我一句话

在王鑫家里，珍藏着一张从笔记本上撕下的纸页。纸页经年，已有些微微泛黄，上面用黑色圆珠笔写着一行字迹。字迹在时光中也有些漫漶，但依然能看出书写者遒劲的力道：要做一名善思考、善学习、善观察、善创新的军工人！

这张纸最普通不过，上面有淡淡的浅蓝横格，撕下的那一侧还有毛茸茸的撕扯的痕迹。这句话也没有什么特别的，表面上看像一句口号，有点司空见惯，有点平淡无

王鑫获包头市优秀青年岗位能手时的留影

奇。但对于王鑫来说，这页纸，这页纸上的字，却蕴含着一种深沉的教导、一种热忱的叮嘱，一种真诚的激励，一种殷切的希望。

它看似普通，却绝不普通。王鑫把它装在一个空信封里，放在家里的抽屉里，这抽屉里放的是身份证、户口本、荣誉证书之类的最重要的东西。每次，王鑫打开抽屉，都要抽出这张纸看一看。或者在遇到一些重要的人生抉择的时候，他也会主动去拿出这张纸，坐在旁边的椅子上，默默地看着，默默地出一会儿神。

它对王鑫之所以如此重要，是因为这张纸上的这句话，是师父写给他的。

他还记得师父写给他时的情景。那是在他拜卢仁峰为师后的第二天，他去师父的办公室找师父。这是他第一次去师父的办公室，办公室有些简陋，有些凌乱，柜子里、椅子上、沙发上摆满了电焊专业的书籍、杂志、报纸，有竖放成排的，有横摞成堆的，还有零散地放在桌子上、茶几上的，零散摆放的是师父正在看或者刚刚看完的。他随手翻开一本，竟然有 20 世纪 80 年代的焊接杂志，杂志中有的页面折着角，有的页面里夹着小字条，有的页面上画着横线，旁边写着密密麻麻的注释。而且从 20 世纪 80 年代、90年代，到如今，每一种杂志从每年的第一期到第12期，一期不少。王鑫为师父深埋在这些报刊、书籍中而感到吃惊，他们的工作都是体力活，如此忙累，竟然还有精力看这么多书！

师父仿佛看出了他的心思，他平静地说：“这些书报杂志每一本我都看过很多遍，它们帮了我不少忙。我一旦发现出了有前沿电焊知识方面的书籍，就赶紧买下来。咱们干这个的，不学习哪行？”

师父说着躬身用右手一沓一沓地把堆在沙发上的报纸挪到桌子上，给他腾了一角地方坐下。

师父看着他，目光并不威严，却有一种穿透人心的力量，王鑫心里的那点东西仿佛一眼就被他看透了，他有些莫名的心虚。师父坐在电脑桌前，缓缓地跟他谈，谈了很多，要他戒除浮躁，贵在恒心；要他刻苦练习，勤奋学习；要他踏实做事，低调做人……师父边谈边抬头看他一眼，他双手紧合在一起夹在腿间，头上热汗直冒，感觉师父句句都在点他的缺点呢。平时别人一给他讲大道理他就不耐烦，可是这次却听进去了。

临了师父说：“我送你一句话吧。”说着从电脑桌上的笔记本里撕下一页纸，拿起圆珠笔唰唰唰地写下一句话：要做一名善思考、善学习、善观察、善创新的军工人！

他起身走到师父身边，恭敬地双手接过，虔诚地说："师父，我记住了。"

回去之后，他就把这页纸装进信封，珍藏起来。

王鑫1989年出生，比师兄王志勇小一岁，比王志勇晚两年进厂。他是初中毕业后上的包头职业技术学院，学的是焊接技术及自动化专业，2010年毕业后来到三分公司306车间自动化焊接岗位。但和师兄王志勇不一样的是，王鑫的拜师之路却走得一波三折。

王鑫的爷爷、父母，都是一机人，到他这儿是第三代一机人了。王鑫家境比较好，他们家三代单传，他是王家门中唯一的孙子。全家人都宠着，从小就怕磕了碰了，要星星不敢给月亮，什么体力劳动都没干过，也从没吃过一点苦。他从小就热爱舞蹈，尤其爱跳超劲爆的街舞，跳起来动作挥洒自如，又帅又酷，浑身洋溢着青春潮流的激情。他人还长得帅，英眉秀眼，鼻梁高挺，气质投足不输影视明星。当他在舞池里劲舞，围观的人群中口哨声总是不绝于耳。

就是这样一个年轻人，不爱学习、追逐时尚，又有些吊儿郎当，指望着他去干又苦又累又能待得住的电焊工作，确实是难为他了。刚进厂那会儿，他觉得一切都不尽如人意，心情非常沮丧，总想着有一天辞职不干了。

转机是在有一次他听了卢大师的讲座。卢大师给年轻人讲他的人生故事，讲他的左手是如何残疾的，讲他是如何从绝望中站起来用单手进行焊接的。他讲得淡然，却深

王鑫在工作中

深触动和震撼了王鑫的心灵。他心想，这个老头一只手都能做出这样的成绩来，我好手好脚的，我也能啊。听说这老头还带了许多徒弟，我也想去跟他学，反正已经步入社会了，好好干呗，省得父母天天在家里唠叨。

想法一产生，他就立即付诸行动，课后就去找卢大师拜师了。

“卢大师，我听您讲得可好了，我都感动得快哭了，您能不能收我做徒弟呀。”王鑫从人群中挤到卢仁峰面前，说出他的感受。

卢仁峰看了他一眼，没理他。

“大师，我是认真的，您考虑一下我呗。”王鑫送上笑脸。

“你问问他们，我从不轻易收徒。”

“那您就破个例呗，我是真心想跟您学。”

“那也得看了你焊的东西再说。”

王鑫一听有戏，就一溜小跑带着卢大师去看他焊过的东西。只一眼，卢仁峰就连连摇头：“不行，你焊得还差得远呢，你先练习着，在岗位练兵中证明了自己，收徒的事回头再说。”

王鑫的脸唰的一下红到了耳朵根，这老头就这么直言不讳地说他，他长这么大还没被这样否定过呢。唉，谁让自己技不如人呢。自己确实什么也不是，在技校时都是混日子，到厂里了也因为不喜欢而一直没好好练过。在那一刻，他下定决心，你看不起我，我偏要做出样子给你看！从那以后，王鑫竟然真的开始踏踏实实苦练了。

这是在2010年，他刚参加工作不久的事。

经过两年的练习，到了2012年，在集团公司的岗位练兵中，王鑫拿到了集团公司焊接比赛第一名！

成绩一公布，王鑫高兴坏了，第一时间就去找卢大师了：“卢大师，我拿了第一名，这下能做您的徒弟了吧。”

卢仁峰却说：“是不错，但你不一定非得找我做师父，厂里那么多师父呢。”

王鑫听出来了，这老头又是在委婉地拒绝他呢。王鑫就纳了闷了，我都拿第一了为什么还不行？他就找一个师兄聊，打听什么样的人才能入师父的法眼。师兄告诉他，师父选徒弟，不光看技术，还要看为人处世、看人品。

师兄还给他举了一些例子，比如师父从来都是先人后己，他看上的徒弟也得是这样的品格。过去食堂里吃饭用大桶装，大家干的都是体力活，都能吃，尤其是遇到炖了大骨头的时候，大桶一上来都往前挤，后面的人别说吃骨头了，连骨头汤也喝不上。师父从来都是在一边看着，他把好吃的让给别人。他也在观察哪个年轻人是不争不抢的，他总说，没有点吃亏精神，什么事都做不好，他就是以这样的眼光在观察人的。

王鑫“哎呀”一声明白了，一定是自己平时的一些行为让大师看不上了。他知道对人的印象一旦形成，就很难改变。他就恳求师兄去卢大师面前替他说说好话。他自己也不闲着，天天去磨他，他嘴巴甜，好话说尽。卢大师被磨不过，同意了：“你想跟我学就学吧。”

也就是在师父答应收他为徒的第二天，他去师父办公室，师父送给了他那句话。

他没高兴几天就高兴不起来了，因为师父答应他只是口头的，并没有像其他师兄弟那样签订正式的师徒协议。师父的大师工作室里制订高师带高徒计划，每个工作室里的徒弟都签订有书面师徒协议。

王鑫知道，师父还是没有完全接受他。他必须通过不断的努力来证明自己，王鑫练习更刻苦了，同时他也收敛了一些骄纵的性格。他知道自己必须是从外到内地改变，绝不能带着“表演”的成分，师父是谁啊，被他看穿了连这点师徒名分也没有了。

又过了两年，王鑫的性子磨下去不少。他主攻机器人焊接，他脑子灵光，接触编程学得也快，很快就成为厂里机器人焊接方面的人才了。直到此时，师父才终于认可了他，跟他签订了正式的师徒协议。从开始有拜师的想法，到正式收他为徒，王鑫走过了4年的时间才终于如愿以偿。

刚取得一点成绩，王鑫就开始“飘”了，他又开始沉迷于街舞了。一下班，别的师兄弟都在练，他也在练，师兄们练的是电焊，他练的是街舞，跳起来酣畅淋漓，忘乎所以。师父看他这样，一句也不说他，任由他彻底去放飞自我。

有一天，王鑫突然惊觉师父已经好久没理他了，他竟然和师父失联了！想想从最后一次接受师父指导竟然已经过去了大半年，天啊，师父不要他了吗？

王鑫感到一阵莫名的恐慌，大师工作室是多少人想进都进不去的，自己好容易被师父接纳了，竟然不知道珍惜，一定伤透了师父的心！

王鑫去找师父了，垂着头：“师父，对不起，我以后好好练电焊。”

师父严肃地说：“年轻人有个爱好没有错，就看你怎么平衡爱好和工作的关系。还记得我送你的那句话吗，要做善学习、善观察、善创新的军工人。军工人是什么？军工人是肩上的国家责任，是‘牺牲小我成全大我’的使命担当！”

王鑫恍然大悟，原来师父送他这句话他从来没有真正理解，他满脸羞愧：“师父，您不用多说了，我知道该怎么做了。”

这次和师父交谈后，王鑫也想了很多，爷爷、父母都

王鑫工作照

是军工人，到他这儿怎么能给军工人丢脸呢？从此他以真正的军工人的标准来要求自己了。

师父是个与时俱进的人，他期望有一天机器人能代替大多数人工。师父说，我们不要怕机器人抢了工人的饭碗，因为再聪明的机器人，也是人造的，也要人在精通焊接技术的基础上去编程，去操作它。厂里缺乏优秀的焊接编程人员，师父及时补短板，他出去比赛、学习、交流的机会多，认识的人也多，他就把几个全国著名的焊接编程大师一一请来，轮番给厂里的年轻人培训、上课。

在师父的大力推动下，机器人焊接已被广泛应用到军品、民品等多项产品中，现在产品的外部焊缝大多数都开始用机器人焊接了。内部焊缝还是以人工焊为主，因为内部受箱体空间的约束，机器人或者进不去，或者进去了机械臂转不开而无法焊接。

在机器人焊接车间里，王鑫每天都能看到一个手臂上箍着一圈焊缝的机器人在勤恳工作着。焊缝细密的纹路像给手臂戴了一个金属圈，这竟也是师父的杰作。

那是几年前的事了。那时，厂里引进了一台奥地利IGM系统股份有限公司生产的焊接机器人，IGM公司拥有全球最先进的焊接机器人和焊接系统。这台智能化机器人主要负责装甲坦克车的炮塔和车体的焊接生产。当时吊车工在吊炮塔的时候，由于操作失误，炮塔吊偏了，沉重的炮塔“咣”一下子砸在机器人胳膊上，半截胳膊当即断裂，机器人不动了！

当时车间主任还是孟荣建，老孟一听脑袋瓜子嗡嗡就飞了，这可是重大事故啊，怎么办？他赶紧把厂里的设备维修中心的人员都叫来，大家一看说：“这个咱们可修不了，不光是外皮，里面还有那么多错综复杂的线路呢，实在不行你找代理商吧。”老孟又连夜联系了IGM公司在北京的代理商，对方说，光换个胳膊就得20多万元，这还不包括从奥地利来的安装人员的往返交通费、人工费、劳务费，而且他们从国外来，需要各种审批手续，最快也得一两个月了。那么久的时间厂里的生产等不及啊，这可把老孟愁坏了。

突然，老孟想到了卢仁峰，看他能不能给焊上？师父被他请来了，孟荣建求菩萨般地哀求着：“卢大师，你快看看能不能焊啊？”

师父看了会儿，轻描淡写地说：“能焊。”

“必须保证焊出来一点儿都不带差的，它还得能工作。”老孟还是有点不放心。

“没问题。”师父胸有成竹。

这确实是个精细活，每一根线路，每一个接头，焊出来不光外观能保持原样，里面的零件还得能正常运转。师父不眠不休，一点儿一点儿给焊了好几天，终于焊好了。老孟高声赞叹道：“哎哟喂，真一点都没变形啊。”

他叫电工插上电一试，一把成功，机器人照常工作！

老孟心里总算松了一口气，“卢大师啊，你可救了我呀！要不然我可咋向厂里交代这事！”

很多年过去了，这台机器人仍旧在准确无误地工作着。每当看到这只特殊的机器手臂，王鑫的心里就升起很多感慨。在工厂的每一个车间，每一个角落，都能看到师父工作的痕迹，他在用实际行动践行着“军工精神”，把一切献给党，开拓进取，无私奉献。他也要做师父那样的人。

在一次备战自治区的焊接比赛中，王鑫因为长时间练习，手被焊缝的高温灼伤，满手起了大大小小的水泡。他用针把水泡挨个扎破，把水泡里的水挤出来，缠上纱布接着练。更加不幸的是，在练习中一个焊豆落在他的右胳膊上，烧出深深一个洞。当时是夏天，高温出汗，这个洞就化脓了。别说拿焊枪，就是稍微动一下，胳膊和手都会疼得人龇牙咧嘴。这要搁以前，他早不干了，可是现在他没有放松过一刻的练习。除了工作，他黑夜白天都长在大师工作室里，别人练一块板，他必须让自己练超过五块板。

师父心疼他，告诉他任何比赛的结果都不重要，重要的是在练习中提高了自己。师父还跟他说，不光练技术，还要练内心的强大，每临大事有静气，静生慧，慧生觉，觉生定，最后比的是人的综合素质。

师父字字箴言，都是人生智慧。

虽然胳膊和手都受着伤，在那次比赛中，王鑫还是稳定发挥，荣获内蒙古第二届职业技能大赛焊接机器人项目第一名。

至今，他已获得“自治区机器人焊接技术第一名”“自治区劳动模范”“自治区五一劳动奖章”“兵器工业技术能手”“自治区技术能手”“兵器工业集团焊接机器人第一名”等多项成绩和荣誉称号，取得了高级技师、国际焊接技师资格证书。

谁能想到，这个曾经娇生惯养的年轻人，会有今天这样的蜕变呢？

王鑫说，这一切全是因为师父送他的那句话深深刻进了他心中，他要做一名善思考、善学习、善观察、善创新的军工人！

第十二章 岁月不改志，奋斗永似少年时

卢仁峰怎么也没想到，有一天他会摘取“大国工匠”的桂冠。

事情往往就是这样，当人没有任何功利心地去从事一种事业，像农民在一方土地上耕耘，耕耘者付出了辛苦，付出了汗水，命运也终将回馈给他丰收的庄稼。卢仁峰从 16 岁参加工作，倏忽 40 多年过去了，大半生里他只做了一件事情，电焊；大半生里他也只做好了一件事情，电焊。一生择一事，一事成一生。功不唐捐，玉汝于成。他

卢仁峰在 2021 年大国工匠年度人物发布仪式上

以匠心筑梦，梦想也成就了他的“累累硕果”。

2022年3月2日，农历虎年的正月三十，中国人的年味尚存余韵。在广州的粤港澳大湾区，在美丽的珠江之畔，隆重揭晓2021年“大国工匠年度人物”，十位来自全国各个行业的顶尖级技术技能人物逐一登榜，卢仁峰榜上有名！命运总是这么神奇，巧合的是，这一天正是他的农历生日。生日里的颁奖，是一份独特的人生馈赠。

在那个美丽的夜晚，江与海的波光粼粼耀动，璀璨的灯光与天上的星子交相辉映。江畔边年轻的情侣两手相牵，悠悠漫步；稚嫩的孩童手指远方，仰望天际；银发老人平和安然，缓步而行；运动爱好者迈开矫健的长腿，享受夜跑；还有每一个角落里正在欢跳的广场舞，欢快的乐曲中，不分年龄的人群踏着舒展的舞步；而高大楼房的窗口，则透出万家灯火，是家的温馨和温暖……这一幕幕如镜头叠放，反映出时代发展中烟火人生的一种生活状态。然而，当他们在白天，当他们在车间里、实验室里、电脑前、在风里、雨里，在他们各自不同的岗位上努力工作、奋力拼搏的时候，他们又是另外一种状态。人生由无数帧镜头组成，此时此刻和彼时彼刻，镜头中的画面都不同，有时互为结果，有时互为见证，有时是一种过程中的抵达。卢仁峰觉得，自己的人生属于后者，是的，过程中的抵达，这抵达不是终极，它只是人生中的一个“站点”，他在这个“站点”中被擦亮、加油、提炼、总结，然后再更加活力饱满地出发。

他记不清自己有过多少个这样的“站点”了，今夜的这个“站点”尤为重要，他也格外珍视。作为一个国家层面为了表彰各个行业的顶尖工匠人才而开展的一项活动，这项荣誉称号是对他多年来在行业内的劳模精神、劳动精神、工匠精神的一种最权威的肯定。电视机前，他的领导、同事、亲朋好友，也都在等着他的闪亮登场。

当颁奖嘉宾宣布：获得 2021 年大国工匠年度人物的是内蒙古第一机械集团有限公司焊工卢仁峰。

当大屏幕上播放着他的短短几分钟主要事迹，这也是撷取了他人生中的一帧帧镜头啊：左手因工伤截断，练就单手焊侠，负责全厂坦克最关键也是最复杂的部位驾驶舱的焊接，攻克新型主战坦克和装甲车辆的技术难题……四十二载披星戴月，梦里尤伴兵车行，从我国最早的 59 式坦克，到如今的新型主战坦克，从业 42 年间，他一次次突破自己的技术峰值，一路勇往直前……

短片播放完毕，掌声雷动，巨大的屏幕从中央缓缓开启。他挥动着胳膊，从屏幕后健步而来。他径直走向奖杯台，右手擎起奖杯，走到舞台中央，将奖杯举过头顶，向观众挥动致意。

那一天的他身穿一身崭新的蓝色工装，左胸口上佩戴着鲜艳的党徽。从入厂的那一天，他就已经坚定了要把一切都献给党的决心。他做到了。舞台灯光打在他的身影上，虽不高大伟岸，却有一种格外坚毅的力量。

在主持人的采访中，当他将自己所取得的成绩都归功于他有一个好妻子的时候，被主持人邀请上来的董焕先眼睛湿润了。

回想两人从恋爱到结婚，走过的年头比工作的年头还长，他们一起度过了生活拮据的困难时期，一起度过了他左手工伤的艰难岁月，她对他许下诺言：“你还有我，我就是你的左手。”

她说到做到。结婚几十年，在生活上，她帮他伺候了他的爷爷、奶奶、姥姥、父亲、母亲，每一位老人临终时瘫痪在床，她端屎倒尿，翻身按摩，苦、脏、累她没有一句怨言。她承包了家里的大小事情，家务活更是一点也不让他碰。在工作上，她为了他将钳工改为焊工，只为能陪他一起练习，做他的好助手。他就是她的太阳，她全心围着他转，全力支持他的工作。但她并不是完全丧失自我，在工作中，她也是一把“好手”呢。

她所在的班组叫中梁焊接班，有 30 多口人，她是班长。同事们都管她叫“老大姐”，因为她总是把脏活累活留给自己。月底分奖金的时候，把多的分给同事，自己拿最少的。她为人做事从不计较，样样都为大家做出表率。

卢仁峰和妻子在 2021 年大国工匠年度人物发布仪式上

谁家里有了困难她都帮，谁有不平事她都去主持公道。他们班组女的多，在她的带领下，班组连续几年获得“全国三八红旗集体”的荣誉称号。

那时候，俩人都忙于工作，女儿卢月婷一岁多就被送到托儿所。女儿很聪明，学会说话早，每天早晨她把女儿送过去，女儿总是张开小胳膊伸着小手对妈妈说：“妈妈，第一个接。”她说：“嗯，第一个接。”但是她对孩子的允

大国工匠年度人物奖杯

诺却从未实现过。别说是第一个接了，遇到工厂加班，她晚上十来点了还回不去，都是托儿所老师把孩子带回自己家里，她回来了再去老师家里接。女儿很乖，从不哭闹，也从不声讨妈妈的说话不算数。

女儿上幼儿园的时候，唯一的一次她出差了，让卢仁峰去接孩子，他还给忘了。老师把孩子带回家，给她打了电话。那时卢仁峰正在厂里攻克技术难题呢，他忙得昏天黑地，根本走不开。不得已只好让爷爷奶奶去老师家把孩子接回来了，老两口回来把儿子一顿臭骂。

女儿上小学时，就在她脖子上挂着钥匙，一个人走着上下学。她放学回家就写作业，写完一个人看会儿电视、听会儿录音机。家里有一台黑白电视，有一个装磁带的录音机，是他们买来陪女儿消遣时间的。有好几次她回来得太晚，女儿在沙发上睡着了，作业本摆在桌子上，小小的她还饿着肚子，还没有吃晚饭。每当想起这些，她都觉得愧对女儿。

但这也磨炼了女儿自立的性格，她从小就会主动去解决各种问题。这一点她像爸爸，从不会被困难吓到。她大学毕业后进入一机的分公司北创公司安全部工作。她遗传了爸爸身上的拼劲、韧劲，年纪轻轻就能在岗位上独当一面了。作为家里的第三代一机人，卢月婷比爷爷、奶奶、爸爸、妈妈他们，在拥有更多机遇的同时，也在接受着科技进步带来的更多挑战。安全工作不容小觑，她也总是一天到晚长在公司里。也只有自己立足工作岗位了，她才能更加理解父母的敬业和不易。

此时，在主持人的邀请下走上舞台的董焕先站在卢仁峰身边。

他一看见她，一顺手就把奖杯递给她了，说：“帮着拿一拿，挺重的。”

这个奖杯确实不轻，它是用一种金属材料制成，金灿灿、沉甸甸的。别人都是用双手捧着，只有他用一只手拿着，拿久了确实很累。这句话他脱口而出，说得那样随意，真实自然，像他们生活中的每一次一样。她就是他的左手，为他拧水杯、剥鸡蛋、系扣子、拉拉链……生活中她是他的依赖，她也无微不至地去成为他的“好搭档”。

连主持人都被夫妻俩的默契逗笑了，也替他说出了心里话：实际上他就想说，这奖杯也是你的。

他点点头，确实是。他们那一代人，都不擅于表达，更不会说出情啊爱啊这样浪漫的话。

他说：“难得在广州这个颁布仪式上，借这个机会我给你焊了个物件，你可曾想到吗？”

她脸上写满惊讶，真的吗？她确实没想到。

礼仪小姐手执托盘走上来。托盘里盛放着一尊金属焊花。一个圆形金属基座上，长出两朵色彩绚丽的花朵，花瓣层层叠叠，花蕊纤细逼真，如盛开的牡丹花般天姿国色。两朵花一大一小，交相辉映，似在互诉衷肠，似在肝

卢仁峰（左一）等 10 位大国工匠在 2021 年大国工匠年度人物发布仪式上

胆相照。花茎一长一短，弯成优美的弧度，牢牢地焊接在银色的基座上。

这是他亲手焊制的！

在来领奖之前，得知节目组安排妻子和他一起上台，他就想要送给她一个礼物。结婚几十年，她跟他吃了太多的苦，他还从来没有送过她礼物呢。送什么呢？送金送银都太俗气了，思来想去，他决定发挥特长，亲手为她焊制一件独一无二的礼物。

也是在一次偶然间，他发现了一种薄壳特种钢在蘸油、蘸水后，在不同的高温烤制下会呈现出不同的颜色。他就萌生了焊接两朵花的想法。他瞒着妻子，下班后偷偷做。

这个薄壳钢板的调色很费事，他反复试验，500摄氏度600摄氏度，通过调高和调低温度，把它用火焰烤成最漂亮的颜色。这个颜色很神奇，乍一看是金黄色，但在光照下，金黄中又会折射出红的、蓝的、紫的彩虹般迷幻色彩。烤好后他把薄壳钢板剪成花瓣的样子，一层层叠放焊接在一起。花上的花蕊是他用剪得极细的钢丝焊成的，每一根蕊上竟还有圆球形蕊头，这也是打磨后单独焊上去的。花茎用的是钢条弯成。底座分两部分，下面是一个圆盘形，圆盘的中间焊接了一截圆柱，两朵花就长在这高擎的圆柱上。这个材料可不简单，是他一直在攻克的高强高硬度钢。

他焊过那么多军品、民品，这是第一次去焊制一件别出心裁、巧夺天工的工艺品。这件工艺品中汇集了多种焊接工艺和方法，至臻完美，像是他多年心血的一个结晶。他要以此感谢妻子的相扶相伴，表达他的无尽心意。他焊了一个多月，焊好后发物流快递到广州，等待着在此时此刻呈送给妻子。

董焕先无论如何也想不到，她满眼满心都是焊接工作的老卢，从不懂得浪漫的老卢，会在这样的人生高光时刻，送给她一份独一无二的浪漫。她接过这奇美的焊花，眼睛里蓄满了晶莹的热泪。

他对她说："这两朵花呀，那就是一个根啊，咱俩都在一个根上。"

她抿嘴一笑，这句朴实深刻的话，她怎能不懂得，这个根，是他们的家庭之根，事业之根，是对党和人民的忠诚之根。这坚如磐石的根，让他们的人生之花绽放得无比绚丽！

主持人也被打动了，她说："我们的大国工匠们不仅仅是手上有活儿，最重要的是心里还有情有义。"

从广州颁奖回来后，很多亲戚朋友，包括同事，都对他说：“在焊接这条赛道上，你该拿的荣誉都拿遍了，再过一年就退休了，也算是船到码头车到站，功德圆满了，往后余生别再那么累了，该好好享受生活了。”

的确，从他22岁拿下厂里的第一个荣誉证书——1985年度新长征突击手，一路走来，他获得的荣誉和奖励太多了。本厂的荣誉不说，中国兵器工业集团的奖几乎拿遍，在集团历届创新大赛暨职业技能竞赛中，多次荣获一等奖，荣膺集团首席焊接技师、兵器大工匠、兵器工业青年技术能手等荣誉称号；就连全国的荣誉也都数不清，中华技能大奖、全国技术能手、全国十大“最美职工”、中国“质量工匠”、中央企业“优秀共产党员”、优秀工人技师、国家技能人才培育突出贡献奖、享受国务院特殊津贴……各种鲜红的证书堆满了家里的柜子。

成立了工作室后，为了激励年轻人，厂里让他把证书都摆在工作室里。年轻人以他为榜样，外面来参观的人看到那一个个够分量的证书，也都发出由衷赞叹。但这些证书对于他来说，不仅仅是荣誉，更是那一年又一年的拼搏和奋斗。有时候，他自己都忘记了哪年主要干了哪些大事。但当看到证书上的时间，往事就会突然清晰起来。一个证书就是一段岁月，是他那时候所专注的事情：有时候是攻坚克难，有时候是技术创新，有时候是无私授徒……

但是他觉得人无论什么时候都不能躺在功劳簿上睡大觉，生命不息，奉献不止。他这样要求自己，也这样要求徒弟们。

2023 年 2 月 23 日，在卢仁峰 60 岁生日这天，他光荣退休。但他退而不休，继续留在工作室里工作，继续解决厂里焊接中的疑难问题，攻关创新成果，培育新人……

他也经常被邀请去部队、学校等地方进行讲座。他将自己积累的电焊知识倾囊相授，更给青年人讲军工精神、工匠精神，讲青年人应甘于吃苦、敢于吃苦、勤于吃苦，立报国志，践爱国行，做担当有为的奋斗青年。

这也是他自身的写照，他做到了。

人生已过花甲，但卢仁峰永远保持着一颗火热的青春之心。岁月不改志，奋斗永似少年时。

后　记

秋意正浓时节，我乘飞机抵达内蒙古自治区包头市。

还没顾上欣赏心向往之的“天苍苍，野茫茫，风吹草低见牛羊”的草原自然景色，就马不停蹄地去了内蒙古第一机械集团有限公司。

天空飘着蒙蒙细雨，路面凹洼处有了亮晶晶的积水，空气有些寒凉。我站在一机集团门口，有一种壮观和威严之感。作为一个涉密的以生产坦克为主的军工单位，厂外人要进入需要有严格的手续，好在有一机工会的人员陪同。

在等待的间隙，我环顾工厂四周。工厂背靠茫茫大青山，三面通衢。细雨中，山儿蓊郁的背影在雨雾中若隐若现，宛若长龙蜿蜒横亘天际，又似一座玲珑的雕花长椅的椅背，工厂正稳稳地“坐”在长椅的椅面上，坐姿端正、气质昂扬，是训练有素的钢铁“战士”。遥想当年，这里还是一片荒无人烟的戈壁沙滩，来自全国各地的边疆建设者们，在这里苦干奋战，边建设、边试制、边生产，创造了中国军工的传奇。工厂经过几次扩建、翻新，如今，一座充满科技感的现代化厂房巍然矗立，让人感叹着时代发展的日新月异。

进入工厂，我先来到卢仁峰技能大师工作室。其时正有一个三四十人的团队来参观学习，卢仁峰正给他们讲解。我在一边静静听着，墙上的文字图片、展台上的焊接模型、展柜里的证书和奖杯，这一切都展示着他的专业成就。他讲完，才来到我身边。他说话声音平和，措辞严谨。我注意到他的左手，那只残缺的手掌，和这精密的焊接模型形成鲜明的对比，让人心生敬意。

接下来的几天，我不是在采访他，就是在采访他的领导、同事、徒弟，对他也就渐渐熟悉起来。在大家的眼中，他好像是无所不能、无所不会的人，什么难题找他都可以攻无不克。

他说，他没有别人想象的那么伟大，遇到压力，也和平常人一样焦虑，吃不下饭，睡不着觉。这时候怎么办呢？他说得给自己找个出口。他喜欢吃，尤其喜欢吃一种当地小吃“吸髓羊棒骨”，有一家很普通的小店，做得入味，他就经常去那里点上一份。小店里生意很好，喧闹嘈杂，他选一个角落，一个人静静地吃，什么也不想，将大脑里的所有纷扰排空，然后起身离开。回去的路上边走边想，神奇的是，总会有出其不意的思路。

我去的当天晚上，他就带我去吃这种小吃。也是那家店，一份热气腾腾的吸髓羊棒骨端上来，每一根骨头切成小段，吃的时候先将一根喝豆浆的塑料管儿插进骨髓中，趁热将里面的骨髓吸出来。猛然一口，鲜嫩爽滑，汤汁饱满，真是天下绝味。吸髓后再吃肉，肉也软糯丝滑，入口即化，丝毫没有羊肉的膻味。他说只有草原羊才能做出这般滋味。他是河北人，7 岁随父母来到内蒙古，他早已把自己当成草原人了。

在后来的采访中，他的一个徒弟告诉我，你只听到师父讲他怎么排解压力，你知道师父是怎么庆贺攻关成功的吗？怎么庆贺？师父会叫上一起参与的徒弟们，到饭店撮一顿。师父从不让徒弟买单，都是他提前把钱交了。吃不是重点，重点是师父要在吃饭间放声高歌，唱的都是红歌，《没有共产党就没有新中国》《黄河大合唱》《草原上升起不落的太阳》……他歌喉宽广嘹亮，他一唱，我们也跟着唱，到最后饭店里的全体顾客也都站起来跟着唱，跟着打拍子，你能想象吗，那样的场景，把氛围感拉得满满！

我沉默了，觉得瞬间懂了他。他是一个深沉的人，把自己整日深埋于和各种坚硬的钢铁的磨砺、融合中，心中藏着多少五味杂陈是不能为人道的。

我离开的前一天，他带我再去看一看工厂。这次又和刚来时的感觉大为不同，当我了解了工厂历史、了解了他的工作、了解了他的所有为之奋斗后，再看这里，一景一物都有了亲切感。

天空还在下雨。我来的这一周，天就没有晴过，雨水时大时小，这座草原城市满城满街都被雨雾笼罩着，朦胧而神秘。中国古代，这里是北方游牧民族生息繁衍的地方，赵武灵王胡服骑射，拓土开疆，在此筑长城、设九原。从“九原长歌”到“西北巨埠”再到“北疆明珠”，包头这座城市在茫茫苍苍的历史洪流中，书写下新中国工业建设的宏图诗篇。

雨滴滴落，空气清新微凉，被雨水洗濯过的厂房更加威严。而厂房里高大的树木，松树、杨树、榆树、槐树都森然挺立。树下的花草浓绿的浓绿，盛开的盛开，都像是训练有素。草地上落着许多肥大的喜鹊，我还从没有见过这么肥的喜鹊，肚皮是白色的，背部是黑色的，又胖又喜气。它们也不怕雨，时而在草地上啄食，时而飞上树梢。正是工作时间，厂区里很少有人走动，每个人都在专注于岗位上的工作。或许是因为和“军”字沾边，工厂的一切都透着格外的秩序。

在厂房与厂房间，平地矗立着许多高大的烟囱。烟囱高过厂房，目测高达近百米。依稀能看见烟囱下面和上面一侧各有一扇紧闭的铁门。最上面的铁门处探出一方小露台，周边还护着一圈围栏。这些是厂里的老建筑了，是热处理烟囱，建厂时苏联帮助建起来的。如今，这些热处理烟囱早已废弃不用。70年间，工厂经过数次翻新，车间变大了，道路变宽了，各种设施也更加齐全和先进，唯独这些老烟囱都还保留着，成为历史遗迹展示着。烟囱上白漆斑驳，它见证着工厂的昨天和今日。

头顶还有许多巨大管道，纵横交错着引入一座座车间。有的是燃气管道，有的是采暖管道。这些管道多数都经卢仁峰的手焊接过，他甚至能记得他焊接过的是哪根管道中的哪一段。

厂内还有一座坦克展览馆，展览建厂以来生产的各种坦克装甲车。一机的历史，也是中国坦克装甲车的历史。时代发展到今天，坦克不只是陆地之王，已然具备了特种兵的作用，不同的作战用途会匹配不同的作战坦克。水陆两栖坦克、空降坦克、扫雷坦克、步兵坦克、主战坦克等多种类型。比如水陆两栖坦克，可以上山下海，无所不能；再比如扫雷坦克，可以滚压式排雷、挖掘式排雷，或者直接爆破，作用远远大于人工。我还从没有见过任何一个展览有如此震撼人心的力量！

工厂里还有一面大大的荣誉墙，上面有几十块方方正正的铜模，每块铜模上按着一个人的双手手印，手掌并列，十指张开。手印是深深按下去的，纹路清晰，仿若能看到每一只手上的伤口、水泡和厚茧，仿若能看到每一双手在工作时的状态。铜模下是人物姓名和荣誉介绍。

荣誉墙上第一块铜模手印就是卢仁峰的。我凝视着铜模上他左手按下的形状，那残缺之美禁不住令我陷入深深的思考，思考工匠之精神，思考人生之意义，思考个人与国家、民族之间息息相关的关系。

荣誉墙并未做满，还留有多块空白铜模，等待着新人去填补。

我伫立在荣誉墙前，久久不愿离开。

此时突然雨停了，太阳从云罅里钻出。阳光如金色的谷粒般从高空倾泻而下，厂房、树木、人物骤然变得丰盈明亮。每一块铜模的手印中，都像是在捧着一抔金灿灿的光辉。

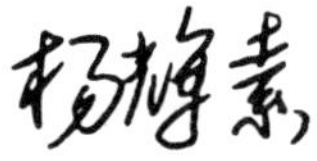

2024 年 12 月